FINALMENTE FAMOSA

MAYRA DIAS GOMES

FINALMENTE FAMOSA

2ª edição

2016

CIP-BRASIL. CATALOGAÇÃO NA FONTE
SINDICATO NACIONAL DOS EDITORES DE LIVROS, RJ

G612f Gomes, Mayra Dias
2ª ed. Finalmente famosa / Mayra Dias Gomes. - 2. ed. - Rio de Janeiro: Record, 2016.

ISBN 978-85-01-10483-0

1. Romance brasileiro. I. Título.

15-22162 CDD: 869.93
CDU: 821.134.3(81)-3

Editoração eletrônica: Abreu's System

Texto revisado segundo o novo Acordo Ortográfico da Língua Portuguesa.

Impresso no Brasil

ISBN 978-85-01-10483-0

Hollywood é um lugar onde um homem
pode levar uma facada nas costas
enquanto está subindo uma escada.

William Faulkner

Para meu marido Coyote Shivers,
a razão pela qual não voltei de Hollywood.

Para Doreen, Marc, Kayla,
Mia, Darrick e, especialmente, Enedine.

Inspirado em acontecimentos reais
e em lugares mal-assombrados da América do Norte.

O DECLÍNIO DO HISTORIC HOLLYWOOD HILLSIDE

Eu estava deitada na cama, com as pesadas cortinas cor de sangue cerradas, assistindo a comédias em preto e branco, à luz frouxa de uma lâmpada soturna. A qualquer instante o xerife iria bater à porta do meu pequeno apartamento de luxo para me jogar na avenida como se eu fosse uma indigente ou um objeto fora da validade. Eu tinha que rir para não chorar.

Em toda a minha vida só fui feliz com as risadas. Com as risadas e os aplausos — os únicos antídotos para o ódio e o terror.

A avenida na qual eu seria jogada era a Hollywood Boulevard, a celebrada Calçada da Fama, onde ironicamente só morei durante a ruína da minha carreira de atriz, que um dia fora tão promissora.

Durante meus anos dourados, a Hollywood Boulevard era diferente; decadente, suja e perigosa. Meu pai, um velho hipócrita nascido em Savannah, na Geórgia, costumava chamá-la de "prostíbulo", mas a área melhorou radicalmente desde os anos oitenta e noventa.

Quando me mudei para o Historic Hollywood Hillside, na Hollywood Boulevard, em 2009, me apaixonei pelo prédio rosa-salmão com quatro andares, estilo Revival Mediterrâneo, e imediatamente me senti em casa. Ele tinha um ar tão nostálgico que finalmente pude absorver e aproveitar a impiedosa melancolia que passou a me assolar depois do meu notório e doloroso divórcio. Aos 40 anos, eu não tinha filhos, marido ou família. Tinha pouco dinheiro no banco, algumas joias guardadas, e um rombo tão monstruoso no peito, que nem os melhores coquetéis da cidade conseguiam preencher.

Eu costumava achar que tinha uma história de Cinderela em Hollywood, mas, depois que o relógio impiedoso anunciou a inevitável chegada da meia-noite e minha limusine transformou-se em uma grande abóbora, nenhum príncipe encantado veio me procurar. Eu era só mais uma *has-been* da indústria, e sofria diariamente com os efeitos colaterais da rejeição.

Meus pés sempre foram grandes demais para o sapatinho de cristal. Em um filme eu precisei até de dublê.

Apesar de o Hillside estar localizado no coração palpitante de Hollywood, ao sair, eu evitava passar pelas duas portas pesadas que levavam à entrada do prédio. Geralmente eu saía pela porta dos fundos, mesmo adorando a decoração taciturna do lobby: carpete verde-escuro, lustre de cristal e quadros em tom sépia, que eternizavam a esperançosa Hollywood Boulevard dos anos vinte. Eu tinha grande dificuldade em enfrentar a dor do anonimato que eu sentia quando colocava os pés na Calçada da Fama como mais um moradora desconhecida.

Turistas com os olhos banhados de esplendor caminham lentamente na frente da entrada principal, fotografando as estrelas cor-de-rosa na Calçada como se fossem realmente as estrelas homenageadas nelas.

— Olha, mãe, é o Michael Jackson!

Eu não gostava de lidar com os visitantes vagarosos, mas gostava menos ainda de não ser reconhecida por eles. No entanto, espreitá-los da janela ensolarada fazia o dia passar com ritmo acelerado. Eu perdia horas imaginando cada detalhe de suas vidas, e, como não tinha nada mais interessante para fazer, o passatempo era perfeito.

As histórias que eu imaginava eram sempre diferentes, porém tinham algo em comum: todos os transeuntes estavam em busca de algo que acreditavam poder encontrar na cidade, mas a resposta estava sempre dentro deles.

A Calçada da Fama se estende por quinze quarteirões da Hollywood Boulevard e três quarteirões da Vine Street. Se vista de cima, ela tem um formato de cruz.

Os novatos que nela transitam acreditam piamente ter chegado a um lugar importante em suas vidas, simplesmente por estarem caminhando na Calçada. Na realidade, nada mais é que uma calçada, onde cachorros e moradores de rua urinam. No entanto, as pessoas são levadas a crer que se trata de muito mais: um sinônimo de privilégio.

Mesmo assim, a cidade de Los Angeles só se preocupa em limpar as ruas de Hollywood uma única vez na semana. Por esse motivo, cinco dias por semana, um senhor, de sessenta e pouco anos, privado de uma das pernas, se arrasta pela Calçada da Fama e se dedica a varrer as estrelas. Em um dia normal de trabalho, chega-se a limpar entre cento e vinte a cento e oitenta, mas o número varia, pois alguns quarteirões têm quarenta e oito estrelas; outros têm sessenta e quatro, e os mais longos possuem ainda mais. O cuidado precisa ser constante. É comum as pessoas grudarem chicletes nas estrelas, e às vezes até fazem grafite — principalmente quando alguma dona de estrela está envolvida em um escândalo.

Estima-se que cerca de dez milhões de turistas visitem a Calçada da Fama a cada ano. São mais de duas mil e quinhentas estrelas cor-de-rosa em mármore terrazzo, homenageando atores, produtores, diretores, músicos, grupos de teatro, rádio e personagens da ficção, todos escolhidos pela Câmara de Comércio de Hollywood.

No final dos anos 1990, o senhor que limpa as estrelas era um dos moradores de rua da Calçada da Fama. Antes de virar mendigo, porém, tinha um emprego respeitável: consertava aparelhos de TV. No entanto, quando as TVs analógicas tornaram-se digitais, tudo desabou: foi à falência, virou sem-teto e encontrou refúgio na Hollywood Boulevard. O caminho foi duro até o homem ser oficialmente contratado. No início, fez trato com alguns donos de loja: limparia as estrelas localizadas na frente dos estabelecimentos, para que ficassem tão bonitas quanto as estrelas na calçada de seus concorrentes. Era tudo uma questão de competição entre os vendedores.

Há algo extremamente fascinante nas pessoas que chegam à Calçada da Fama pela primeira vez: alheios ao fato de que há gente morando e trabalhando na área, grupos grandes caminham lentamente em fileiras horizontais, pacientemente lendo os nomes nas estrelas, atrapalhando o trânsito dos pedestres e dificultando a vida de quem tem mais o que fazer.

Guias turísticos tratam todos os pedestres como se fossem visitantes. Eles se aproximam agressivamente para oferecer passeios até o portão da casa de celebridades e vendem a falsa ideia de que há algum glamour em tentar espiar pessoas que, na maioria das vezes, só querem ter o privilégio da privacidade em suas casas. Digo na maioria das vezes, pois todos sabem daquele tipo de garota que se muda para Hollywood com o objetivo de deixar migalhas de pão por onde caminha.

Os guias costumam usar o mesmo método: perguntam aos turistas de onde vieram, e quando respondem, uma conversa é automaticamente iniciada. Muitos se deixam levar e param para conversar, sem notar que é um truque.

Eu estava encantada com minha nova vista e me sentia ainda mais entristecida quando pensava que iria perdê-la a qualquer momento. Ainda se estivesse sendo despejada por não ter dinheiro para pagar o aluguel, mas não. O problema era bem diferente. Muito mais complexo para ser resumido em breves palavras, assim como a história da minha vida — digna de um filme.

Eu me identificava com o prédio como se ele fosse um ser com vida. Às vezes passeava de camisola pelos longos corredores durante a madrugada e falava com os retratos de Charlie Chaplin, Mae Busch e Rudolph Valentino, que enfeitavam as paredes cor pastel.

Tenho que admitir que eu morria de inveja de Rudolph Valentino. Quando ele faleceu, aos 31 anos, algumas fãs cometeram suicídio, e mais de cem mil pessoas foram às ruas em estado de histeria. Então, no esmaecimento de um sonho psicótico, eu falava para ele sobre as peças e os filmes que fiz e mentia sobre trabalhos promissores que ainda faria. Quando minha máscara caía, eu acabava confessando que acreditava estar derrotada e que teria tido mais sorte se tivesse morrido jovem, pois pelo menos alguém teria se importado comigo.

Ao parar diante do quadro de Mae Busch, sempre lembrava que a data de nosso aniversário era a mesma, dezoito de junho. As geminianas são como Dr. Jekyll e Mr. Hyde — de dia você acha que nos conhece bem, mas à noite descobre que não. Quando tomamos um gole, acabamos deixando nossa outra personalidade escapar.

Eu sempre passava rápido pelo quadro de Fatty Arbuckle; algo sobre aquele homem gordo me deixava totalmente arrepiada. Não porque eu o considerava culpado pela morte da atriz Virginia Rappe, mas porque acho que ele foi o primeiro grande *movie star* a entrar para a lista negra de Hollywood e perder sua carreira por causa de um escândalo terrível. Aquilo sim era ter azar.

Por algum motivo, eu morria de medo de descer até o enorme porão de $450m^2$. Mesmo depois de meu vizinho Marlon me contar que havia garrafas de uísque e vinho esquecidas lá embaixo. Eu sentia que algo ruim podia acontecer se eu descesse aquelas escadas. Todas as vezes que eu colocava a ponta dos pés no primeiro degrau sentia uma forte tontura tomar conta do meu corpo frágil e via imagens que eu nunca conseguia identificar. A única coisa que eu sabia é que me deixavam nervosa, amedrontada, com a palma das mãos suadas e as longas pernas bambas. Tudo ficava preto, indecifrável, desconhecido, aterrorizante, e eu subia correndo para meu apartamento no segundo andar. Sentia-me tonta, depois demorava horas para voltar ao normal. A cada ruído que eu ouvia, me assustava como uma criança desobediente que assiste a filmes de terror antes de dormir e fica com medo.

Prédios antigos têm inúmeras histórias, e muitas delas não são boas. Muitas pessoas morreram nesses prédios. Algumas cometeram suicídio e outras foram assassinadas a sangue-frio. Em uma cidade onde a ambição, o ciúme, a inveja e a ganância interpretam papéis principais, *tudo* pode acontecer entre quatro paredes. Quando uma morte brutal acontece entre quatro paredes, uma impressão é deixada no local.

Lembranças definitivamente assombravam aquele porão abandonado, que um dia fora tão cheio de sonhos e promessas. Lembranças aprisionadas, com a necessidade gritante de se libertarem de alguma forma. Eu não queria ser responsável por libertá-las.

No ano de 1917, os fundadores dos estúdios Paramount Pictures e Metro-Goldwyn-Mayer fundaram o Historic Hillside Hollywood, antes mesmo da inauguração do letreiro na montanha. Há relatos de que foi o primeiro prédio de Hollywood a ter mais de um andar. Naqueles tempos, a cidade era muito preconceituosa com os atores, e o prédio foi criado especificamente para hospedar os que vinham de outras cidades em busca de uma chance nos filmes. Era um lugar especial. Rudolph Valentino transformou o porão do prédio em um bar clandestino, em plena época de proibição. Mae Busch, Mae West, Clara Bow, Valentino e Charlie Chaplin eram moradores, e Chaplin chegou a ser um dos proprietários. Era um ótimo local para se conhecer tipos artísticos da cidade.

É verdade, Hollywood realmente parece o paraíso para aqueles que apenas passam e não permanecem. Hoje em dia, estúdios de tatuagem, lojas de suvenires, prédios assustadores da Cientologia, consultórios médicos e farmácias de maconha para uso medicinal, lojas de roupas e de sapatos para *strippers*, *smoke shops* e *sex shops* também enfeitam a área, que atrai gente de todo tipo e de todo lugar.

Em quase todas as vitrines de lojas para turistas há fotos, pôsteres e cartazes de Marilyn Monroe, Charlie Chaplin, James Dean, Fred Astaire, Elizabeth Taylor, Elvis Presley, Bette Davis, Marlon Brando, Katharine Hepburn, Bettie Page. O rosto das maiores estrelas de Hollywood não são esquecidos. Continuam sendo comercializados, mesmo depois de suas mortes.

É um cenário colorido e alegre, porém decadente. Você vê um super-herói, mas de repente, ao passar por você, ele tira a máscara e nada mais é que um imigrante em busca de algum trocado para sobreviver a mais um dia difícil.

Muitos dias são difíceis em Los Angeles. Às vezes as coisas estão bem e repentinamente desmoronam.

Depois do terremoto de 1994, o Hollywood Hillside faliu, e foi preciso expulsar os moradores que ali viviam desde o início dos anos vinte. Naquela época, os aluguéis custavam cerca de duzentos dólares, e a relocação forçada e repentina foi quase como uma certidão de óbito para muitos, algo que não esperavam.

Nos anos 2000, o prédio de cinquenta e quatro apartamentos de luxo parecia estar condenado à demolição. Porém, no ano seguinte, depois de quase uma década inteira de escuridão e esquecimento, foi comprado novamente e ressurgiu das cinzas. Foi restaurado, redecorado e reinaugurado, pelo custo de trinta milhões de dólares. Dessa vez, bem mais simples; sem academia de ginástica, restaurantes ou lounge.

Eu me mudei para lá em uma época em que se acalentava esperança, mas, pouco tempo depois da minha mudança de uma espelunca em West Hollywood, a companhia proprietária do Hillside anunciou falência. O banco ficou no comando e contratou uma firma para gerenciar o local. Foi esta firma que deu início ao jogo doentio que viria a enlouquecer alguns e, até tirar vida.

O Hillside nunca mais foi o mesmo depois desse ano. Faith, uma mulher bastante antipática, tornou-se gerente subitamente e decidiu que nós, moradores, não teríamos direito aos descontos que costumávamos ter em nossos aluguéis. Eu havia conseguido um desconto de quinhentos dólares, graças à antiga gerente, que era fã de *Boneca de porcelana*, meu filme mais famoso. Naquela época, a administração tentava encher o prédio de celebridades, pois, quando elas associam seu nome a alguma coisa, passa a ter mais valor. Agora Faith queria que eu pagasse o dobro ou simplesmente desse o fora. Eu não era mais uma celebridade, eu havia me transformado em uma calamidade. Me senti tão desrespeitada que, quando bati no iceberg, resolvi pular do navio sem salva-vidas. Ou seja, quando os problemas com a justiça ficaram insuportáveis, tomei uma decisão muito estúpida: resolvi jogar tudo pro alto. Depois me arrependi.

Evidentemente, muitos não podiam ou queriam pagar o aumento inesperado e acabaram sendo obrigados a iniciar batalhas judiciais exaustivas para salvar seus apartamentos de localização privilegiada. É importante deixar claro que, em Los Angeles, quase todas as brigas acabam no tribunal. E uma vez no tribunal, as brigas sempre acabam custando muito mais do que valem.

Faith revelou-se a Bruxa Malvada do Oeste quando começou a lutar com garras e dentes para expulsar todos aqueles que não obedeciam a suas ordens fascistas. Inicialmente achei que ela estava simplesmente seguindo instruções de seus superiores, depois constatei que ela era apenas essencialmente má. Ela não escondia o prazer que sentia ao expulsar alguém do próprio lar. Quando despejou um morador do primeiro andar, levou um saquinho de amendoim para comer enquanto assistia ele arrastando a mesa do computador pelo corredor carpetado. O homem, além de tudo, era obeso e asmático.

Aquilo tudo estava me deixando alienada. Encarcerada na bolha do Historic Hollywood Hillside. Minhas malas e caixas de roupas estavam prontas. Diversas caixas estavam empilhadas no centro do apartamento de um quarto só, ao lado de dezenas de quadros e pôsteres. Que situação! Eu não tinha como carregar os móveis, e era deprimente ter que deixá-los para trás. Eu tinha que ficar repetindo para mim mesma que eram só móveis, não eram pessoas. Estava conscientemente tentando impedir que separações materiais me machucassem tanto outra vez. Estava decidida a pelo menos tentar. Ao longo de um ano e meio, já havia vendido quase tudo de valor que eu tinha. Até mesmo a linda mesa de jantar taitiana feita de ossos de elefante, que comprei com muito esforço, e minhas malas da Louis Vuitton. Eu as amava, e separar-me delas foi como a morte de um amigo.

Livrar-me de roupas e sapatos também doeu muito. Só consegui vender algumas coisas na Melrose Avenue, por 10% do preço que haviam custado. Vendi diversos sapatos que foram usados em tapetes vermelhos por trinta dólares. Mantê-los comigo tinha muito mais valor.

O próximo passo seria encontrar um hotel ou um apartamento mobiliado. Sabe-se lá o que realmente aconteceria comigo. Estava deixando de pagar para ver. Talvez já devesse ter começado a procurar, mas continuava assistindo a comédias em preto e branco na cama. Minha preferida, inevitavelmente, era *Quanto mais quente melhor*, com Marilyn Monroe. Eu a assistira tantas e tantas vezes, que sabia todas as falas. Só levantava da cama para acompanhar a cena hilária em que Jack Lemmon, vestido de mulher, dança tango com um senhor.

Não sabia quando seria despejada, mas podia ser a qualquer momento. E, em vez, de tentar combater a situação desonrante, eu preferia aguardar em silêncio. Não tinha forças para voltar para o mundo selvagem dos tribunais injustos e dos processos judiciais frívolos. Meu divórcio aterrorizante já bastava por uma vida inteira, e quando pensava em tudo que estava acontecendo com meu vizinho Marlon, sentia uma grande hesitação tomar conta do meu corpo cansado. Sua complicada guerra judicial estava realmente desgastando seu rosto de vinte e poucos anos, e ele já não trazia mais garotas para dançar nuas no *pole* posicionado no centro da sala do seu apartamento. Para mantê-lo, era necessário deixar de aproveitá-lo.

O casal de designers Doris e Frank havia oferecido ajuda se o xerife chegasse para me despejar. Eles haviam desistido da batalha contra o Hollywood Hillside e se mudado para uma casa relativamente grande no Laurel Canyon, onde teriam mais espaço para confeccionar as jaquetas e calças de couro que faziam para rock stars, e a filha de 7 anos poderia finalmente ter um quarto próprio. No Hillside ela dividia a cama com os pais, pois Faith não permitiu que a família se mudasse do estúdio, que devia ser temporário, para um apartamento antigo maior. E como eles ainda tinham a chave do mesmo, poderiam me emprestar até o fim do mês para que eu pudesse encontrar um novo lugar para me estabelecer. Só precisariam passar por lá para usar a internet, o que seria desconfortável... mas, paciência. É a vida!

Sinto a necessidade de dizer que aquilo tudo foi uma grave e perversa humilhação para mim. Imaginem esta cena de maneira extremamente dramática: eu fiz o papel principal no clássico *Boneca de porcelana*, de 1988, e agora precisava mendigar ajuda em Hollywood.

Lembro-me bem do dia em que tudo mudou para pior. Era quatro de janeiro de 2010, apenas alguns dias depois do réveillon. A maneira como meu ano começava geralmente definia o tom de como seria seu decorrer. Poucas vezes aconteceu de outra forma, parecia ser uma regra.

Em 1987, estourei uma garrafa de champanhe caríssima com o diretor que me deu o papel mais importante da minha carreira e tive um ano refulgente, enfeitado por tapetes vermelhos, flashes e festas regadas a drogas de ótima qualidade. No final daquela década, meu antigo agente ia de Nova York para Los Angeles e alugava um dos quartos com vista para a piscina do Roosevelt Hotel, onde desfrutava da companhia de estrelas e muitas aspirantes burras. Em algum momento da noite, ele tentava deslumbrar uma bem jovem que, como eu, saíra de sua cidade pequena com um grande sonho. Ele sempre contava que a primeira cerimônia do Oscar havia sido realizada exatamente ali, no lugar onde ele se hospedava! As pobres meninas novatas, que caíam direitinho no conto do vigário, acabavam indo pra cama com ele, muitas vezes acompanhadas de outras meninas. No dia seguinte, sentindo-se sujas e usadas, choravam sobre os travesseiros.

A qualidade da droga que ele oferecia era excepcional, e acho que nunca cheirei um pó tão puro quanto o que rolava naquelas festas. Em todas elas, alguma garota sempre passava da conta e acabava chacoalhando os peitos pela suíte, naturalmente fazendo planos com pessoas com quem nunca mais falaria no dia seguinte. Eram tempos alegres e livres, pois éramos abençoados pela juventude. Eu tinha apenas 18 anos, e sequer percebia que o meu agente estava cometendo um crime. Minha ficha só caiu muito tempo depois. Além de ser esperta, eu também era burra. Sempre foi assim.

Passados vinte e poucos anos, no réveillon de 2010, bebi apenas taças de vinho tinto com alguns moradores do prédio que preferiram ficar em casa se contenta com os fogos de artifício sem graça da Hollywood Boulevard. Entre eles, Barbara, uma transexual francesa que dizia ser cortesã e jurava ter tocado bateria com Marvin Gaye nos anos setenta. No final da noite ela tentou me oferecer um programa, e aquilo fez com que eu fosse dormir ainda mais constrangida e aflita com a minha vida. A cortesã era uma pessoa doce, mas já beirava os 60 anos e não era nem um pouco atraente. Ainda se fosse uma bela mulher desejando minha atenção, mas não era.

Eu me sentia tão solitária, que não me impressionaria se me assumisse lésbica. Nos anos noventa, uma mulher me proporcionou um orgasmo que nunca esqueci. Descobri que se quisesse ser chupada direito devia abrir as pernas para uma mulher. De qualquer forma, naquela noite, não seria para a velha cortesã francesa.

Na manhã seguinte deixei minha ressaca se acomodar e voltei a aguardar a chegada do xerife. Ele podia vir até as cinco da tarde, então eu só conseguia relaxar um pouco depois das seis, quando fumava um baseado, ouvindo Edith Piaf. Meu sonho era morar na Hollywood Tower, da Franklin Avenue. Havia histórias de que se tratava de um dos prédios mais mal-assombrados de Hollywood, tendo inspirado The Tower of Terror, o elevador que despenca da Disney. Seria interessante dar umas férias para Mae Busch e Rudolph Valentino, e perambular por aquele lobby, atrás de Humphrey Bogart e Carmen Miranda.

Na verdade, dizem que Carmen Miranda se casou no lobby da Hollywood Tower, mas acho que é pura invenção — apenas uma maneira de glorificar o prédio. Hoje em dia é fácil reescrever a História, pois qualquer um pode alterar a Wikipédia ou criar boatos na internet. O azar é dos preguiçosos e desavisados, que reproduzem informações como se fossem, de fato, verídicas. Ou daqueles que são prejudicados por isso, como eu, por exemplo.

Eu sequer acessava a internet, por sentir medo das atrocidades que leria sobre mim e das fotos terríveis com quais iria me deparar. Quando eu via uma foto em que estava feia, especialmente a do dia em que fui presa, sentia-me horrorosa demais para continuar viva, a ponto de cair em profunda depressão. Principalmente quando ao lado da minha foto estava uma bela atriz no topo de sua carreira. A comparação era cruel e desnecessária, e eu preferia evitá-la a qualquer custo.

Enfim, eu sempre me distraio, e como estava dizendo, havia um clima esquisito na noite gelada do dia quatro de janeiro. Em Los Angeles a temperatura cai um pouco em janeiro, mas não do jeito que havia acontecido naquela noite, como se fosse Nova York. Ao descer as escadas para jogar o lixo fora, deparei-me com Geppeto, o zelador que parecia com o pai de Pinóquio, e notei que ele não me deu um boa-noite. Talvez achasse que eu tinha algo a ver com o website que Marlon havia criado para denunciar as irregularidades no prédio. Geppeto sabia que as denúncias de Marlon tinham a intenção de difamar todos os que trabalhavam para os gerentes, e, provavelmente com razão, estava com medo de perder emprego. Ele estava definitivamente me evitando.

Marlon não media esforços para tentar afastar Faith do cargo, e parecia estar próximo de concretizar seu desejo. Depois que conseguiu filmá-la embriagada no corredor, colando de porta em porta uma carta em que caluniava todos os moradores envolvidos em brigas judiciais, seu emprego estava por um fio. Faith, ao ser pega com os papéis na mão, admitiu, para a câmera, que estava muito bêbada, acrescentando que o prédio não era de luxo, mas uma espelunca habitada por psicopatas. Marlon postou o vídeo em seu site para humilhar Faith, mas também para pressionar a administração a fazer um acordo financeiro que o permitisse se mudar do seu apartamento de três quartos sem ter prejuízo. O próximo passo era comprar o domínio Faith-ponto-com e postar o vídeo lá para que a bebedeira a assombrasse nos próximos empregos, e para sempre.

— Seja bem-vinda a Hollywood! Vamos fazer um reality show da sua desgraça e comprar seu nome-ponto-com para divulgá-lo! — disse Marlon certo dia, furioso. Anotei a frase em um dos meus diários; ela resumia a essência da cidade perfeitamente.

Geppeto tinha medo de Marlon, como muitos. A manutenção que ele fazia no prédio era impecável e passional, porque havia trocado o alcoolismo pelo trabalho obsessivo. Se perdesse o emprego, poderia cair do cavalo. Geppeto tinha que evitar estresse.

O casal Richard e Jolene também estava de olho nele. Richard costumava trabalhar na Wall Street, e Jolene era maquiadora e estilista e tentava fazer um nome em Hollywood. Os dois se apaixonaram em San Diego, e aparentavam ter ido para a cidade pelo mesmo motivo que a maioria: experimentar o gosto do sucesso. Richard também escrevia e sonhava em se tornar um roteirista famoso. Brigar com o Hillside, porém, havia se tornado um trabalho integral na vida do casal. Sempre que eu os encontrava no corredor, ou passeando com seus dois cachorros, era sobre isso que eles falavam. Só uma vez Jolene parou nas escadas à noite para me contar que estava sentindo falta de sair para dançar. Eu disse que me sentia da mesma forma, e planejamos sair um dia.

Ela e seu noivo haviam dado entrada em dois processos: um contra Faith e o prédio, e outro contra a Mel's House, uma casa antiga transformada em boate que funcionava havia meses parede a parede com o Hillside. No apartamento onde o casal morava, o altíssimo som que vinha da boate era enlouquecedor, e o vidro da janela do quarto tremia incessantemente durante toda a noite, fazendo com que fosse impossível prestar atenção em qualquer outra coisa a não ser na música.

Primeiro eles tentaram conversar com os donos do lugar calmamente. Depois experimentaram colocar um amplificador reproduzindo a música alta na janela. As letras das músicas ofendiam a inteligência de Richard, e a falta de respeito de quem as tocava naquele volume corroía sua paciência. Comentava-se no prédio que ele se transformava em outra pessoa durante o ápice da boate, à meia-noite, e perdia a cabeça.

Uma vez, depois de conversar com Marlon sobre a situação com a boate, sonhei que o corpo esquelético de Richard caminhava pelos corredores estreitos do prédio sem cabeça, durante a madrugada. Quando acordei, conseguia me lembrar somente da quantidade de sangue que escorria do seu pescoço. Foi assustador!

Jolene e Richard queriam se mudar, mas só se recebessem dinheiro para isso. Ele acreditava que tudo o que estava acontecendo fazia parte de uma grande conspiração para esvaziar o prédio e lucrar de maneira ilegal com a entrada de novos moradores, que passariam a pagar mais. Eu, como sempre gostei de teorias de conspiração, acabei concordando. Definitivamente, nós estávamos sendo sacaneados!

Os residentes do Hillside não teriam a devolução dos depósitos se saíssem do prédio por conta própria, ou por ordem de despejo; portanto, precisavam de um acordo financeiro. Alguns depósitos, de apartamentos maiores, chegavam a quatro ou cinco mil dólares, principalmente os de moradores que não tinham um bom crédito, e ninguém queria abandonar aquele tipo de dinheiro nas mãos de pessoas frias e gananciosas. A economia norte-americana estava uma verdadeira merda, e a maioria das pessoas enfrentava grandes obstáculos para receber alguma quantia significante.

Eu precisava cair fora daquela bagunça com urgência, mas, quando tentava decidir um lugar para onde ir, começava a pensar obsessivamente em bater à porta da minha antiga mansão em Hollywood Hills.

As casas praticamente não têm segurança em Los Angeles: a família Manson, por exemplo, pôde chegar até Sharon Tate sem muito esforço, e O.J. Simpson simplesmente entrou na casa da ex e a esfaqueou e a seu novo namorado. Minha antiga casa era tão isolada quanto a de Sharon Tate e Roman Polanski na Cielo Drive, e por isso era tão vulnerável quanto. Talvez, se eu tivesse coragem, iria até lá e acabaria de vez com a vida do filho da puta do meu ex-marido. Se não fosse por Anthony e tudo que ele tirou de mim, não estaria vivendo nesta decadência vergonhosa! A culpa de tudo que aconteceu comigo é dele!

Sua mera existência me impede de seguir em frente. Estou paralisada e não consigo me mover. Quero muito, muito, muito que ele morra! Quero ver seu sangue!

Que pensamento perturbado! Algumas vezes eu me perco no escuro. Aquele cenário estava enfraquecendo minha saúde mental. Em outras situações ou épocas, eu sequer me socializaria com os meus vizinhos.

Detestava ter que sair de casa com a aparência indolente quando tinha a obrigação de cumprimentar as pessoas que sabem quem sou e que deixei de ser o que era. Demorava horas para me maquiar e ficar parecida com uma estrela de cinema. Sem maquiagem, meus lábios inchados de botox chamavam ainda mais atenção. Meus cabelos pretos e curtos eram ondulados; arrumá-los em um penteado conveniente era uma tarefa que requeria dedicação. Tinha que pegar uma mecha da frente e fazer uma franja lateral, com os fios virados para dentro, depois finalizar com spray. Quando estava com pressa, usava um grande chapéu preto com aba larga, ou um lenço amarrado para trás. Sempre usava batom vermelho e nos olhos, lápis preto. Também não deixava de usar alguma joia — brincos e anéis, falsos ou verdadeiros —, para passar a imagem de que, na verdade, tudo estava muito bem. Minha pele era macia e pálida, minhas bochechas eram rosadas e, graças a Deus, nasci com olhos verde-claros. Mesmo aos 40 anos, meu rosto ainda era sensual e enigmático. Pessoas de olhos verdes têm essa vantagem. Muitos costumavam dizer que eu parecia com Vivien Leigh, a Scarlett O'Hara de *E o vento levou*... Eu me inspirava muito em Elizabeth Taylor também. Já meu nome foi uma homenagem da minha mãe à magnífica Sophia Loren. Nós duas dividíamos uma obsessão por divas do cinema.

Quando eu me olhava no espelho, porém, sentia um grande desalento. Lembrava de quando meus seios eram firmes e de quando Hollywood tinha tesão por mim. Lembrava de quando o pau de Anthony ficava duro ao me ver. Primeiro este pensamento me deixava molhada, depois a raiva tomava conta do meu corpo e dava um tapa no meu rosto, por ainda ter a capacidade de me excitar. Eu precisava *apagar* nossas fodas da memória. Elas eram tão passionais, pervertidas, invejáveis!

Resolvi tomar um comprimido e meio de Ambien, mesmo sabendo que era uma ideia estúpida e irresponsável. É fato que, se eu ficasse acordada por muito tempo, teria que lidar, de olhos abertos, com as alucinações de uma mente na qual eu não podia confiar. Se dormisse rápido, seria bom porque seria pesado, e as alucinações nos sonhos ou pesadelos valeriam a pena pelo entretenimento. Havia noites em que eu tomava remédios só para sonhar com algo.

Deitei na cama e senti um repentino pavor do silêncio. Às vezes me perguntava se o fato de o silêncio gelar meu estômago significava que eu estava na presença de algum dos atores de cinema mudo. Talvez eles realmente me ouvissem, talvez viessem me visitar. Eu, com certeza, os chamava falando com seus quadros, e esperava que não quisessem me fazer mal. Eu não tinha dúvidas de que fantasmas habitavam aquele lugar. Caminhava pelos corredores estreitos com os olhos atentos. Se um dia algum deles aparecesse para mim, acho que eu cairia no chão ou teria um ataque cardíaco! O que basicamente resume minha personalidade: passei a vida inteira tentando ver fantasmas, mesmo sabendo que, quando os encontrasse, sairia correndo aos berros.

Sempre acreditei em lugares mal-assombrados, em pessoas mal-assombradas. Nunca, por um segundo, questionei minha crença. Nem quando me acusaram de ter uma imaginação fértil demais ou de ser completamente louca. Alguns nascem com essa sabedoria, outros vivem a vida inteira em negação. Não precisamos ser atacados por algo para saber que um lugar é mal-assombrado. Ou precisamos?

Comecei a viajar nestes pensamentos e adormeci com as mãos sobre o peito. Eu mal sabia que aquela noite fria ficaria impressa na minha memória para sempre.

O PERIGO MORA AO LADO (NA CALÇADA DA FAMA)

Despertei! Com o estampido seco de um machado atravessando a porta. Tentei abrir os olhos, mas o torpor causado pelo remédio me impediu. Meus cílios pesados e emplastados de rímel preto estavam praticamente grudados. Abri e fechei os olhos repetidamente. Tentei recuperar o foco, mas minha visão tremia. Ergui o corpo e me sentei. Uma gota de suor pingou da minha testa.

Minhas mãos tremiam e suavam. Eu não sabia se havia tido um pesadelo horrível ou se alguém estava tentando arrombar minha porta. Seria o xerife, no calar da noite? Ou alguém enviado por Anthony para me assassinar? Qualquer opção me fazia tremer de medo. Será que eu ainda estava sonhando?

Coloquei os pés no chão e tentei me acostumar com a visão pouco nítida. Caminhei com a mão esquerda no peito, como se conseguisse acalmar meu coração acelerado daquela forma. Ao chegar à porta, berrei como uma atriz de filme de terror — beirando o exagero e temendo a chegada da minha morte.

Ouvi de novo! O som que havia me acordado não era o som de um machado. Eu não sei com o que estava sonhando, mas, no mundo real, alguém havia disparado um tiro! Voltei correndo para a cama e me cobri dos pés à cabeça.

Outro tiro superalto me fez abrir um berreiro incontrolável. Em seguida ouvi outros dois. Quem estava matando parecia estar determinado. Meu peito doía ao ouvir aquele som. Os disparos soavam viscerais. O assassino não podia estar muito longe.

Eu estava acordada? Estava chapada? Entrei em pânico no breu do apartamento. Eu estava tendo as mesmas crises de pânico que tivera no passado, quando Anthony saía, demorava para voltar e não atendia o telefone. As mesmas crises de pânico que eu tivera quando ele dormia fora de casa. A mesma crise que eu tivera quando o peguei na *nossa* cama com o demônio Malice, uma mulher que desejo que sofra uma morte dolorosa!

Que merda! Por que estava pensando naquilo novamente? Por que não esquecia aquela cena depois de tantos anos? Não queria mais lembrar! Não queria!

Quis sumir. Naquele instante ressenti profundamente o fato de não ter um companheiro ao meu lado, alguém para me abraçar e me proteger. A minha vulnerabilidade me dava vontade de vomitar. Por que ninguém havia vindo me salvar? Eu tinha tantas qualidades excepcionais! Não entendia minha solidão!

Olhei pela janela e considerei descer pelas escadas de emergência. Felizmente me contive, estava um pouco enferrujada. Enxerguei minha morte no noticiário do dia seguinte e hesitei. A Hollywood Boulevard ficava às moscas depois das três da manhã e eu não tinha ideia de quem estaria lá fora. Chorei baixinho. Melhor não arriscar minha vida motivada por um impulso. Sair do prédio seria a escolha da mocinha que morre, e, mesmo falida, eu não estava preparada para morrer. Controlei minha respiração por alguns segundos e ouvi o silêncio. Tentei me acalmar e entrar no papel. Uma atriz de filmes mudos não tem falas, não grita, não dá um pio.

Os tiros cessaram. Abri parte da cortina e observei o letreiro luminoso piscando com o nome do prédio. Um dia houve esperança, mas ela se apagou.

Eu devia conter minhas lágrimas e não chamar atenção. Esperar era a melhor solução, somente esperar. Os outros moradores deviam estar acordados também. Alguém *tinha* que vir se certificar de que eu estava bem!

Sem acender qualquer luz, os minutos se arrastaram. Permaneci deitada, mordendo o lençol vermelho, esperando algo me dizer que tudo estava bem e que eu podia voltar à minha tortura anterior: esperar ser jogada na Calçada da Fama como uma indigente.

Comecei a questionar se eu havia mesmo ouvido sucessivos tiros. Milhares de pessoas relatam viagens alucinógenas quando tomam Ambien. Eu não sabia se podia aceitar minha interpretação absurda. Quem sabe eram fogos de artifício remanescentes do réveillon...

Quem sabe era...

Alguém realmente esmurrou a porta! Imediatamente gritei, com medo de abri-la, mas estupidamente revelando que eu estava em casa.

— É a polícia, estamos evacuando o prédio! Abra a porta imediatamente!

Olhei pelo olho mágico para me certificar de que eu não estava delirando. Quando bateram com força novamente, impulsivamente girei a chave, preferindo acreditar que estava sendo salva, e não atirada em uma armadilha letal. Era verdade, graças a Deus! Três policiais me mandaram descer pelas escadas de emergência no final do corredor. Eu estava em choque.

— O que está acontecendo? — perguntei, apavorada.

— Tem um homem armado no terceiro andar, senhora! Estamos evacuando o prédio! Desça imediatamente pelas escadas de emergência no final do corredor!

— Alguém morreu?

— Senhora, desça imediatamente pelas escadas de emergência! — Ele aumentou o tom de voz.

Senti-me tonta e desorientada, mas tratei de dar passos velozes. Quando cheguei ao final do corredor e olhei para as escadas no exterior do prédio, senti meu estômago gelar. Tentei segurar o choro nervoso, e um vento frio forte bateu no meu rosto. Eu só conseguia pensar em Marlon enquanto descia os perigosos degraus com cuidado e segurava com firmeza o corrimão instável. Morria de medo de escorregar. Será que Marlon havia perdido a cabeça e ido atrás de Faith? Alguém havia morrido no terceiro andar? Graças a Deus eu morava no segundo. Cheguei à rua com segurança e pude me juntar aos outros moradores.

O cenário me deixou atemorizada. A Hollywood Boulevard estava cercada pela polícia de Los Angeles e pela SWAT. Parecia uma cena de filme de ação ou suspense.

Homens armados cercavam o prédio e nos mandavam atravessar a rua, e seguir para o próximo quarteirão. Vários moradores, vestindo pijamas, especulavam o que estava acontecendo. Eu ainda não via sinal de Marlon ou Faith. Estava apreensiva.

— Vocês viram Marlon? — perguntei a um casal.

— Não, mas vimos a polícia no apartamento dele — respondeu a garota, claramente exaltada.

— Foi ele que disparou os tiros? — perguntei.

— Não! O corpo dela está na porta dele! — disse ela.

Fechei os olhos por um segundo, temendo a resposta. Hesitei, mas prossegui:

— Quem morreu?

— Aquela loira mexicana...

Pausei, surpresa.

— O nome dela é Jolene — interrompeu o cara. — Foi o namorado que disparou os tiros!

Senti meu peito doer novamente. O vento batia em nossos rostos com tanta ira ao final daquela frase catastrófica que tivemos que cerrar os olhos para nos proteger da poeira. Durante alguns segundos, pude ver Jolene em minha mente, nítida. Seu rosto maquiado com dedicação, seu cabelo platinado no mesmo tom do de Marilyn Monroe e a expressão determinada que exibia quando resolvia se envolver em algo. Por alguns segundos, sua beleza me comoveu. E quando abri meus olhos entristecidos eu os fixei nas janelas do terceiro andar, na esperança de encontrá-la, de poder abraçá-la com ternura. De apresentá-la às estrelas de Hollywood para que ela pudesse colorir seus rostos pálidos e desesperados.

O vento soprava ainda mais forte, balançando os toldos listrados. As luzes da maioria dos apartamentos estavam apagadas. A alma de Jolene teria que se libertar do terceiro andar. Sua vida havia sido encerrada pela pessoa que prometeu amá-la para sempre, no lugar que ela chamava de lar.

Franzi a testa ao pensar na ironia do seu fim prematuro. Jolene viera do Novo México para Hollywood em busca de notoriedade, e certamente ela não imaginava que realizaria seu desejo daquela forma cruel. Agora sua alma ficaria à mercê da Calçada da Fama, e quem sabe na companhia de estrelas do cinema mudo com a eterna necessidade de retocar a maquiagem. Agora sua história seria contada pelo guia do Haunted Hollywood Tour e seu assassinato assombraria futuros moradores. Parecia uma piada de humor negro, um episódio de *Contos da cripta*. Às três horas da manhã do dia quatro de janeiro, sua alma se hospedou na Calçada da Fama.

Ao pensar sobre o perverso senso de humor do Universo, me lembrei da carta que Faith fixara na porta dos moradores. Ela chamava Richard de zumbi e Jolene de piranha. Seus comentários fizeram meu pensamento mudar de cor. Tentei imaginar o que havia deixado Richard tão enfurecido a ponto de perder o controle. Nunca imaginei que ele pudesse ter um assassino dentro de si. O que teria feito Jolene? Ela o teria traído? Sem pensar duas vezes, tentei me pôr no lugar dele, como se seu ato grotesco e desumano merecesse algum pingo de compreensão. Não merecia!

Ainda descalça na Calçada da Fama, me veio à memória o dia em que quase me tornei Richard — um monstro capaz de acabar com uma vida era tudo que eu queria ser. Depois que surpreendi meu ex-marido na nossa cama com uma atriz de filmes pornográficos, passei a arquitetar repetidamente sua morte lenta, todos os detalhes, até que me fosse possível realizá-la. Porque, após ver aquela imagem — ela de quatro, gemendo, e ele metendo com força —, percebi que minhas veias haviam sido contaminadas por um veneno letal. A necessidade violenta que senti de livrar meu corpo desse veneno me possuiu como se fosse obra do demônio, quase me arrastando para o outro lado — o mundo da escuridão perpétua, para onde Richard permitiu-se ir.

Eu tinha direito de sentir aquilo, mas tirar a vida de um ser humano é algo imperdoável, por mais que ele tenha te machucado. Eu não devia dar créditos a Richard. Devia rezar para que a justiça milagrosamente funcionasse dessa vez e para que ele apodrecesse na prisão.

— O que aconteceu? — perguntei ao rapaz quando abandonei meu pensamento amaldiçoado.

— Ele esvaziou a arma nela. Moramos ao lado deles, no terceiro andar, e ouvimos tudo. Nunca vou conseguir esquecer esta noite. Escutamos os tiros, mas não ouvimos gritos. Acredito que ela tenha morrido em silêncio.

— Nós nos mudamos do Texas para cá há seis meses. Agora parece que estamos num filme de terror! — A jovem chorava, contaminada por um egoísmo típico de Hollywood. Tinha chegado havia tão pouco tempo e já tinha sido picada e infectada pelo mosquito da cidade.

— Calma, *sweetheart*! A polícia vai tirar ele de lá! Você vai conseguir ir à sua *audition* amanhã.

— Ele está dentro do apartamento? — perguntei.

— Sim. O corpo dela está diante da porta de Marlon. Richard se trancou no próprio apartamento e continua lá. Por isso a rua está fechada...

— Mas por que na porta de Marlon? — perguntei, confusa.

— Não sei muito bem. Parece que Jolene estava correndo para o apartamento de Marlon, de camisola. Richard atirou nela pelas costas.

— Então o corpo dela está no meio do corredor.

— Sim. Pelo menos é o que estão dizendo. Esse tipo de boato corre rápido.

— E como corre! — falei, sarcasticamente.

Senti dor em todo o meu corpo. Jolene e Richard haviam se mudado para o Hillside cheios de sonhos e esperança, mas, depois dos processos que iniciaram, pareciam já não ter mais ambições saudáveis. Richard só falava comigo para contar sobre a última discussão que havia tido com Faith ou sobre algum documento que iria levar ao tribunal para impedir que isso ou aquilo acontecesse. Eu já não prestava muita atenção no que ele dizia. O sistema judicial havia roubado sua vida, e ele se transformara em um zumbi. Marlon havia me dito que ele acreditava que estava sendo filmado.

Eu o achava um pouco estranho, mas nada preocupante. Era branquelo, magro e tinha cabelos pretos. Só depois do assassinato percebi o quanto se parecia com Richard Ramirez. Não seria fácil para ele na prisão. Os prisioneiros mexicanos não deixariam barato. Afinal, ele tirou a vida de uma mexicana, e a treta seria pessoal. A não ser que ele fosse enviado para o Corredor da Morte.

Será que ele iria sair do prédio ou iria se matar? Alguns vizinhos à minha volta torciam para que Richard se suicidasse. Outros achavam que Jolene não deveria ser obrigada a aturar a eternidade naqueles corredores com Richard ao seu lado. Ele merecia viver. E sofrer muito, em vida, pelo que fez a sangue-frio com sua noiva.

Jornalistas começaram a chegar. Quando vi uma repórter conhecida conversando com um policial, senti meus braços ficarem inteiramente arrepiados. A morte de Jolene era notícia, e por algum motivo aquilo me levou às lágrimas. Senti-me sem fé. Sabia que eu só seria amada novamente na morte, quando já não pudesse mais aproveitar a notoriedade. Hollywood só respeita os mortos. Olhei para as estrelas na Calçada e permiti que as lágrimas rolassem.

Chacoalhei a cabeça para tentar despertar de mais um pesadelo. Entrei de novo em uma viagem, sentindo o Ambien tomar conta do meu raciocínio. Quantos veículos cobririam meu enterro? Eu me tornaria capa da *People*, pelo menos? Mais lágrimas caíram dos meus olhos cegos e cheios de ganância. Eu estaria sentindo inveja da fama de uma morta? O céu começara a clarear, mas meus pensamentos pareciam cada vez mais escuros e confusos. Se o xerife chegasse para me despejar, pelo menos teria que voltar outro dia.

Um bom samaritano do Hillside havia aberto as portas da sua pizzaria italiana para abrigar os moradores assustados, que aguardavam, o desfecho daquela noite dramática. Permanecemos ali por quase quatro horas.

As portas pesadas de metal do Hillside fizeram um enorme barulho quando foram abertas, e todos correram para as janelas. O momento foi chocante. Eu estava desnorteada, só queria poder estar na cama, e parecia ver tudo em câmera lenta.

De repente o frio em minha barriga tornou-se mais intenso. Eu não acreditava no que meus olhos viam, mesmo que de longe, tendo que me esforçar. Quatro bombeiros empurravam Richard em uma cadeira de rodas. Depois mais dois surgiram, acompanhados por dois policiais. Ele estava com os braços imobilizados e aparentava ter sido sedado. Realmente se assemelhava a um zumbi, e vê-lo daquela forma foi aterrorizante. Percebi que eu nunca havia conhecido um assassino antes. Era a primeira vez.

A cadeira de rodas foi empurrada lentamente pela Calçada da Fama enquanto um helicóptero fazia imagens aéreas da captura. As rodas passavam por cima de estrelas reverenciadas, zombando delas. Era o auge da fama de Richard e o dia mais importante de sua vida. Ele nunca mais veria Hollywood depois de ter puxado o gatilho e acabado com a vida de Jolene. Aquele era seu adeus.

— Esse psicopata matou a noiva e depois foi para o computador! — ouvi uma mulher comentar. — A gente tá na rua porque ele resolveu se trancar no quarto e acessar a porra da internet! Dá pra entender? O que será que o cara foi olhar?

O e-mail dela, palpitei sem falar nada.

Quando nos deixaram voltar para o prédio, pude sentir o cheiro da morte impregnando os corredores. Ainda bem que eu não morava no terceiro andar. Pressionando as narinas, voltei para o silêncio valioso do meu apartamento e decidi enfrentar minha imagem no espelho pela primeira vez em várias semanas. Eu preferia evitá-la porque não a via mais. Meu antigo psicólogo tinha dito que eu estava sofrendo de transtorno dismórfico corporal. Quando eu apontava as marcas na minha face e no meu corpo, todos diziam que eu estava louca. Talvez fosse um dos efeitos colaterais da rejeição, um entre vários de que eu sofria.

Sentia-me como a rainha de *A Branca de Neve*. Olhava no espelho em busca de aceitação e perfeição, e descobria que já não era a mais bela, ou a mais jovem. Na verdade, não era mais nada. Quando olhava no espelho, às vezes via o rosto assustador de Anthony. Um homem que eu acreditava conhecer, mas que se escondia atrás de uma máscara. As palavras perversas que ele me disse viraram vozes dentro de mim.

Contudo, já estava mais do que na hora de deixar para trás o sentimento de cólera que eu ainda mantinha desde a nossa separação dolorosa. Eu precisava eliminar de vez todas as fantasias homicidas que colecionava, com orgulho, para me fingir de forte. Meu ódio era o veneno que eu dava a mim mesma. Doía em mim, não nele. Nem em sua nova noiva, Juliet, ou em sua bela filha Angelina.

Eu só sabia que não queria acabar como Richard. Quando apaguei as luzes e voltei para a minha cama de casal, imaginei seu rosto e fiquei apavorada, com o coração acelerado. Gritei alto, levantei-me correndo e senti a necessidade de acender as luzes. Cheguei a me perguntar se ele havia morrido a caminho da delegacia, pois a visão parecia real demais, como uma verdadeira assombração. Respirei fundo e tentei me acalmar, mas continuei com medo. Sua face pálida simbolizava algo muito sinistro. O perigo morava ao lado e eu não sabia. Tantas vezes na minha vida aquela foi a *storyline*.

Tinha tantas perguntas que minha cabeça doía. Será que Jolene havia traído Richard? Ou será que uma crise de ciúmes havia ido longe demais? Eles cheiraram cocaína no réveillon? Ou seria o prédio o responsável pelo surto de Richard? O som da balada estava alto demais? Onde diabos estava Faith naquele momento? Rindo, provavelmente, porque já previa aquilo. Por que Jolene não gritou? E por que Deus a deixou ir daquela forma?

Eu não tinha resposta alguma, mas não conseguia parar de pensar, obsessivamente, numa tentativa frustrada de entender a mim mesma. Foi quando me deparei com uma questão muito, muito importante: o que eu ainda estava fazendo em Hollywood?

A MANSÃO DE VIDRO NA MONTANHA (1992)

Eu costumava passar horas na varanda do terceiro andar da nossa casa, observando o letreiro de Hollywood cravado na montanha seca, idolatrando-o e rezando como se ele fosse a imagem de uma cruz.

Adorava tomar chá de camomila na varanda, usando as xícaras de porcelana que ganhei de casamento. Lembro-me dos mínimos detalhes das rosas vermelhas desenhadas nelas, como se ainda as visse todos os dias. Lembro-me de todos os presentes de casamento que ganhei.

Eu estava perdidamente apaixonada pela minha nova vida e fazia questão de continuamente celebrar minha maior conquista: agora eu dormia ao lado de Anthony Faustini e acordava de frente para o letreiro. Cama *king size*, pau *king size*. O que mais eu poderia desejar? Contemplava o tamanho do diamante que ele havia colocado no meu dedo e sabia que era de causar inveja até em Marilyn Monroe. Eu estava além do arco-íris. Naquele lugar mágico onde os sonhos se realizam. Estava loucamente apaixonada.

De vez em quando gargalhava alto ao observar os turistas em busca da melhor maneira de chegar o mais perto possível do letreiro e tirar fotos. Eu ria porque sabia que as fotos serviriam principalmente para fazer inveja nos amigos. Sabia porque havia feito o mesmo ao chegar, vestindo shorts jeans bem curtos e plataformas bem altas, e chupando picolé só para provocar.

Apaixonada pela brisa fresca sobre as montanhas, me perguntava como podia um letreiro de madeira representar sucesso, ser o símbolo de se ter chegado ao topo do mundo. Um letreiro que, na verdade, nada mais era do que uma peça publicitária criada para promover um novo loteamento residencial em Los Angeles.

Em 1992, porém, era lá que eu estava: no topo do mundo, dançando valsa com o lindo, sensual, inteligente e talentoso Anthony Faustini, numa estonteante mansão construída em vidro e aço, deslumbrada com a proximidade do letreiro.

Infelizmente, meu reinado foi curto. Em um ano e sete meses, tudo já estava em ruína. Eu havia derramado o chá e deixado as xícaras se quebrarem. O céu naturalmente permanecia ensolarado, pois raramente chove em Los Angeles, mas meu suposto conto de fadas enfrentava uma tempestade violenta com relâmpagos.

Os problemas começaram em *O beijo dela*, um dos seriados de sucesso em que Anthony atuou, premiado diversas vezes e elogiado por público e crítica, principalmente pelas cenas quentes de sexo, protagonizadas por ele e Lauren, uma talentosa atriz com cabelos cor de fogo, pele branca como leite e olhos cor de mel. Lauren tinha seios naturais grandes e empinados, e um bumbum redondo e bem desenhado. Os homens dos Estados Unidos estavam babando por ela. Ela estava arrasando, em diversas capas de revistas. Naquele mês, era a capa honrosa da *Vanity Fair*.

Foi durante a gravação dessa série que meu mundo virou de ponta-cabeça e nunca mais voltou ao normal. No fundo, no fundo, eu sempre soube que nunca devia ter me casado com um ator, e que as fantasias que eu tinha na infância, enquanto jantava na frente da magnífica TV, nunca deveriam ter tido uma fada madrinha. Eu quis tentar mesmo assim. Minha mãe fez tudo que podia para me ajudar a realizar meu sonho.

Eu sabia que não podia confiar cegamente nos homens do entretenimento em Hollywood, mas depois que Anthony me deu uma aliança em ouro branco com 18k de diamantes, e me prometeu seu coração selvagem, imediatamente tive amnésia, e me esqueci de tudo que havia aprendido na cidade, principalmente com os erros irreversíveis da minha ingênua e sonhadora mãe.

"Até que a morte os separe", lembrava-me do reverendo dizendo no nosso casamento em uma praia secreta em Maui, escolhida por mim. Eu realmente achava que estávamos tão compromissados um com o outro que só a morte seria capaz de nos separar.

Hoje em dia penso que devia ter me casado com um advogado. Quem não quer ter um advogado à sua disposição em Hollywood? Se eu tivesse um bom advogado durante o divórcio, não teria perdido minha vida, não teria deixado que ela escapulisse. Estaria recebendo *royalty checks* de mais de trezentos, quatrocentos dólares, fazendo pelo menos valer o nome. E tantas outras coisas que reviram meus pensamentos mais obscuros.

O declínio foi gradual. Consegui assistir às primeiras cenas que foram ao ar sem me exaltar, mas, durante uma das festas do elenco, vi uma cena que eu não podia editar. Uma cena real, não escrita. Um gesto quase imperceptível, aparente somente para uma esposa possuída por ciúmes. Foi exatamente isso que todos disseram pra mim: "Você está maluca, está possuída por ciúmes!" Mas a mão larga de Anthony estacionada na coxa de sua bela *co-star* não saiu mais da minha cabeça desde aquela festa. A mesma imagem repetia-se *ad infinitum* quando eu me deitava para dormir ao seu lado ou quando tomava banho de banheira e criava cenas em que Anthony era o personagem principal — o personagem que cometia adultério. Eu não achava necessariamente que ele estava me traindo com Lauren, ela tinha muitos pretendentes, mas tinha certeza de que ele não tinha olhos só para mim. Fiquei arrasada! Nós não éramos como outros casais do entretenimento, que têm relacionamentos abertos. Éramos monogâmicos.

A insegurança me encolerizou e aos poucos me transformou em uma mulher doente por respostas e impossível de aturar. Eu ardia em febre quando Anthony saía para trabalhar, e quando assistia a suas cenas na TV, cravando as unhas de porcelana na palma da mão, começava a planejar maneiras de me livrar do seu corpo pecador. Ou do nosso relacionamento. Uma maneira de recomeçar minha vida, antes que fosse tarde demais! Antes que eu perdesse a capacidade de confiar. Quando o via fumando, tinha vontade de arrancar o charuto de sua boca e apagá-lo com força contra a sua pele.

Eu passava horas pensando no tipo de homem ideal para mim, mas me sentia ainda mais sufocada ao analisar os tipos que eu conhecia. Eu encontrava problemas irreversíveis em todos, chegando à conclusão de que nunca conseguiria ser verdadeiramente feliz com homem algum, ainda mais com minha mentalidade possessiva e deturpada.

Músicos têm groupies obcecadas, diretores dão ordens a belas atrizes, apresentadores de TV e jornalistas flertam com seus entrevistados, cirurgiões plásticos e médicos veem mulheres nuas, atletas também têm fãs atiradas, comediantes não têm respeito por nada, produtores têm desculpa para tudo, professores têm alunas que precisam de ajuda, fotógrafos não resistem a modelos, políticos são podres e mentirosos, escritores sempre precisam de novas experiências, corretores entram em casas de mulheres que têm dinheiro e psicólogos as manipulam. Socorro! O que possivelmente restava?

Só me restavam os advogados, que também são problemáticos e mentirosos, tão mentirosos, escrotos! Mas talvez valesse a pena aturar as horas intermináveis que eles passam fora de casa mentindo e defendendo criminosos para ter um sempre, sempre ao meu lado.

Eu concluía: *definitivamente* atores não! Talvez um advogado como marido e um ator como amante. Talvez assim pudesse me envolver com um ator em paz. Relacionamentos só funcionam com a ajuda de amantes?

Pensava em me vingar de Anthony com um papel tão sexual e provocativo quanto o dele, mas levava um banho de água fria quando o ouvia responder calmamente que não via o menor problema nisso. Como tantos atores que conheço, ele dizia que não havia nada sexual em gravar cenas com marcações, câmeras e luzes no seu rosto, pessoas assistindo àquilo e dando ordens, e *timing* para tudo. Sei que aprendemos a pensar assim, mas este nem sempre é o caso. Coisas acontecem quando eles se tocam.

— Eu uso uma meia no meu pau quando gravo, Sophia!

— Por que você precisa ser tão grosso? — perguntei.

— Eu nasci assim, *honey*. Grande e grosso.

Nossas discussões eram horríveis e começaram a me enlouquecer. Eu claramente havia perdido o desapego que aprendi nas aulas de teatro. Quando via seu corpo tocando o de Lauren, sentia-me humilhada. E o mesmo acontecia quando assistia aos dois dando entrevistas e falando sobre como era fantástico trabalhar um com o outro. Eu estava exagerando? Por mais que tentasse, não conseguia me reerguer. A preocupação era obsessiva, doentia, dolorosa.

Quanto mais ciúmes eu demonstrava, mais raiva ele sentia de mim. Elevava a voz ao me culpar por tentar sabotar sua carreira, e usava a língua para beijar sua *co-star*, garantindo que os dois não tinham absolutamente nada fora de cena. Àquela altura, as cenas machucavam como traição. Eu assistia às cenas e acreditava, como se fosse uma fã da série. Odiava todos os fã-clubes que eles tinham!

Certo dia resolvi tentar acreditar nele. Tentei encontrar uma maneira de controlar meus sentimentos destrutivos. Ninguém queria ouvir meus lamentos em Hollywood. Pobre menina famosa! Diziam que tínhamos a mesma profissão e que eu deveria cair na real. Um ator não pode sentir ciúmes de outro ator. Me falavam que eu devia ficar calada. Calada como cinema mudo que tanto gosto.

Ou perderia Anthony Faustini, e seu pau grande e grosso nunca mais me comeria. Com certeza, Hollywood comemoraria em grande estilo!

Foi no fatídico dezoito de dezembro que tudo aconteceu, quando eu menos esperava. Naquele dia, eu havia acordado bem-humorada, pensando nos bons momentos que havíamos vivido juntos. Havia decidido tentar me livrar de toda a negatividade que me adoecia.

Perfumei a casa e decorei a árvore de Natal com dedicação. Estava me sentindo estranhamente motivada a mudar, melhorar. Talvez fosse o clima alegre de festas de fim de ano. O Natal costumava me deixar feliz, por ser uma época em que ninguém julga quem gasta. Eu gostava muito de gastar em lojas.

Saí para fazer compras de Natal e, ao tentar pagar por um terno lindíssimo para Anthony, percebi que havia esquecido minha carteira na escrivaninha do quarto. Entrei no carro e voltei com pressa, para evitar a hora do rush, concentrada na lista de presentes que queria entregar para as pessoas que permaneceram ao meu lado durante aquele ano totalmente desequilibrado. Quem sabe o ano seguinte fosse melhor.

Tirei o salto alto e subi as escadas correndo, desatenta ao barulho da reforma que acontecia na garagem, já que Anthony havia comprado dois carros novos e queria mais espaço para seus brinquedinhos.

Girei a maçaneta e fiquei em estado de choque! Quando olhei para a nossa cama, me deparei com uma tragédia sobre o lençol branco de seda! Uma ferida aberta, jorrando sangue nos meus olhos!

Foi um fim trágico! Doloroso. Injusto. Senti milhões de facas afiadas atingirem minhas costas com brutalidade! Senti que eu estava morrendo. Tinha certeza!

Eu estava certa o tempo inteiro, e a prova estava na minha cama, debaixo do meu próprio nariz. Anthony traçava piranhas onde nos deitávamos todas as noites! O desrespeito era tão grande que ele sequer havia se preocupado em sair de casa, em levá-la para um quarto de hotel ou para o carro. Não teve medo algum de ser pego com o dedo no bolo, era como se quisesse ser descoberto. Não podia ter se separado de mim antes?

Aquela imagem me assombraria para sempre. Quando eu fechasse os olhos, ela estaria lá. Nos meus próximos relacionamentos e por toda a minha vida. E mesmo que minha mente conseguisse esquecer, a imagem ficaria impressa no meu coração destruído e incapaz de confiar nos homens. *Nada* poderia me curar.

A casa de vidro se despedaçou rapidamente ao ser atingida por pedras. Aliás, que tipo de pessoa mora em uma casa de vidro?

— Seu monstro! — gritei. — Seu filho da puta!

Os dois se assustaram quando os surpreendi com um grito. Tentaram se cobrir com a colcha, mas a colcha caiu no chão. Anthony tirou o pau de dentro dela, e ela começou a se vestir. A expressão de pavor no rosto dele era impagável. Comecei a gritar ainda mais alto, castigando a garganta como se não houvesse mais filmes no meu futuro. Achei que as janelas da casa fossem se quebrar. Eu queria ser Carrie, a Estranha, e assassiná-los com o poder da minha mente. Minha vontade era arrebentar a cara dos dois com um bastão de beisebol. Machucá-los, deformá--los e enchê-los de traumas, sem demonstrar qualquer resquício de compaixão ou humanidade. Era o que eu mais queria naquele momento. Ser um monstro como ele!

— Seu filho da puta mentiroso! Seu merda!

Ele não conseguia abrir a boca para contestar, enquanto vestia o jeans. Agarrei um dos abajures do quarto e, num impulso, resolvi atacar a garota, ainda seminua, coberta por tatuagens ridículas. Era a pessoa mais nojenta que já havia visto. Peitos pequenos caídos, tatuagens nas coxas, cara de prostituta drogada. O abajur atingiu suas costas e, ao invés de demonstrar dor, ela sorriu de maneira sarcástica, fingindo não sentir nada. Estava *rindo* de mim, e eu queria arrebentá-la! Piranha vagabunda! Quando Anthony tentou me segurar por trás, eu o atingi com uma cotovelada no estômago e, em seguida, com um soco no dente. Nunca havia imaginado que eu tinha tanta força!

— Feliz Natal! — falei, com a respiração ofegante.

Ele berrou como o monstro que era. Eu queria vê-lo cair no chão, queria vê-lo sangrando! Ele sangrou, ainda bem! Colocou a mão nos lábios e percebeu. Ainda assim, não pude me conter. Joguei um quadro da parede nas costas dele. Se não o machucasse, seria obrigada a me machucar. Seria obrigada, não havia outro jeito. Onde eu jogaria toda aquela dor? Tanta dor!

Quando a puta escapou do quarto, me joguei no chão, acabada. Teoricamente, havia cometido um crime.

— Por que você mentiu? Tudo teria sido mais fácil se você tivesse me contado a verdade! Eu poderia ter ido embora se tivesse me dito que queria transar com outras mulheres! Como você teve coragem de fazer isso, Anthony, na nossa cama? Eu te odeio! Eu te odeio tanto! Eu te odeio pra sempre! Eu preciso que você morra!

Ele não respondia, não reagia. Obviamente não tinha nada a dizer, já que dessa vez não podia inventar desculpas. Anthony havia feito uma escolha, e eu que me fodesse. Nem desculpas estava pedindo e não olhava nos meus olhos. Saiu do quarto sem admitir a culpa, e sem tentar me dar explicações.

Fiquei jogada no chão por minutos, contorcendo-me e babando na minha roupa. Chorava como um bebê com cólica, devastada pela minha inabilidade de cessar a dor profunda que iria me machucar para sempre. E eu estava comprando presentes para ele? Que vergonha!

— Você não vai nem me pedir desculpas? — perguntei quando ele voltou, agora olhando para mim com um ódio que eu nunca havia visto naqueles olhos azuis. Talvez eu ainda o tivesse desculpado naquela altura.

— Você é uma idiota! Uma retardada mental! Eu sou um ator e você sabia disso quando me conheceu! Seu ciúme doentio encheu o meu saco há muito, muito tempo! Você sabe que se eu tivesse tentado terminar tudo, você teria implorado para eu ficar com você!

— Só isso, Anthony? Só isso que você tem a dizer? Eu estava certa o tempo todo, e você me fez acreditar que eu estava louca! Por que você fez isso na nossa cama? Você acha que eu mereço isso?

Ele não respondeu. Somente saiu do quarto e desceu as escadas correndo. Na verdade, não era só isso. Havia outra grande surpresa esperando por mim.

Carros de polícia começaram a se aproximar, fazendo o barulho que fazem quando anunciam que estão chegando para o negócio. Corri para a janela, apreensiva, querendo acreditar que estava somente paranoica e que eram apenas carros de polícia passando pela rua. Eu não estava! Havia me casado com um monstro, e o monstro havia chamado a polícia!

Ouvi a porta da frente abrir e depois ouvi passos nas escadas. Três homens uniformizados vieram ao quarto atrás de mim. Se injustiça tem algum gosto, naquele momento eu o senti. Cuspi no chão.

— Ela me atacou! Eu estou sangrando, olha isso! — Ele pausou. — Aliás, peço desculpas por não ter me apresentado. Sou Anthony Faustini, prazer.

— Nós sabemos — respondeu um dos policiais, sem expressão. — O que está acontecendo aqui?

— Essa maluca acabou de me atacar! Ela jogou um móvel pesado em mim e tentou quebrar meus dentes! Acho que vou ter que operar a coluna depois desse ataque violento. Estou com muita dor. Ai, que dor! Com certeza não vou poder gravar. Isso pode acabar com a minha carreira. Eu sou ator de um programa de TV em rede nacional. Ai, minhas costas! Preciso ir para o hospital!

Eu não devia ter ficado tão surpresa. Anthony sempre foi manipulador. Os policiais estavam caindo no teatro que ele fazia, e sinceramente eu não podia culpá-los. Um dia também fui enfeitiçada por ele. Senti-me desesperada e impotente, como se não fosse mais dona da minha própria vida. Sabia que o dia iria terminar muito mal.

— Ele estava na cama com uma mulher! — berrei descontrolada, e parei, aterrorizada. Já era tarde demais quando percebi que havia me incriminado. Os policiais me algemaram como um animal, enquanto Anthony continuava reclamando de dor, e me disseram meus direitos. Revoltada, comecei a reclamar.

— Essas algemas estão muito apertadas! — gritei. Quando os policiais ignoraram minha reclamação, resolvi cutucá-los. — Por acaso a polícia de Los Angeles chega mais rápido para as estrelas de TV?

— Só para que vocês entendam com quem estão lidando: essa mulher tem um longo histórico de violência — Anthony inventou, entrando no personagem. — Não é a primeira vez que ela me ataca e coloca nossas vidas em risco. Ela é muito violenta! — Usou um tom dramático. — Nunca tive coragem de denunciá-la pois queria protegê-la, mas agora ela foi longe demais e merece ficar atrás das grades para refletir! Ela tem sérios problemas mentais!

— Seu filho da puta mentiroso! — exaltei-me de novo. Tudo que eu disse seria usado contra mim, inevitavelmente. Eu estava piorando a situação.

A piranha havia desaparecido da cena do crime em um piscar de olhos. Se tivesse ficado, poderia ter lucrado mais. De repente com uma matéria de capa em alguma revista, contando os detalhes sórdidos do seu *affair*.

Só mais tarde descobri que Malice, pseudônimo, é atriz de filmes pornográficos. Senti-me tão clichê que quase vomitei. É possível vê-la de quatro em toda a internet.

Voltei a carpir meu sofrimento. Porque o perigo morava ao lado e eu não sabia. Porque tantas vezes na minha vida aquela foi a *storyline*.

O FANTASMA DO NATAL PASSADO (1992 E 1993)

Depois que peguei Anthony com o pau dentro de Malice, fui levada para a delegacia de Hollywood. Cabisbaixa, malvestida, com algemas apertadas demais e jeito de mulher derrotada. No meu *mugshot*, olhei nos olhos dele. Sabendo que a foto se tornaria pública, tentei não demonstrar a tristeza que sentia naquele momento. Pensei em expressar o tamanho da raiva, mas sabia que não me ajudaria. Eu era uma vítima da situação, mas estava sendo tratada como a única culpada. Meus pulsos já estavam ficando machucados.

Quando cheguei à delegacia, os policiais rapidamente descobriram que sou Sophia Young, a atriz do clássico *Boneca de porcelana*, e a informação foi se espalhando. Por um breve momento, senti meu ego sendo massageado, e genuinamente acreditei que tinha grandes chances de sair da situação desesperadora em que me encontrava. Afinal, a maioria das pessoas não resiste ao charme de estrelas do cinema. Por baixo de todo trabalhador sério, há uma pessoa morrendo de vontade de pedir um autógrafo. Pelo menos na minha cabeça.

Porém, rapidamente descobri que minha posição não me oferecia privilégios na cadeia. Pelo contrário, só me transformava em uma presa ainda mais vulnerável.

Depois de um check-in demorado e uma troca constante de celas temporárias, finalmente cheguei ao meu quarto gelado, equipado com uma cama de ferro, um colchão superfino e uma privada sem tampa.

— Aqui você é igual a todos — avisou uma policial forte e mal-humorada, que me levou à minha cela.

Eu só queria estar em uma cama, chorando, berrando e xingando Anthony Faustini de todos os palavrões que existem no mundo. Não na minha cama, o local onde a traição aconteceu, mas em alguma cama confortável.

Eu não tinha um travesseiro sequer, e sabe-se lá o que aconteceria comigo se eu chorasse, berrasse e gritasse palavrões na cadeia. Não queria nem imaginar. Algumas mulheres destemidas gritavam de suas celas, mas eu não tinha coragem de seguir o exemplo delas. Somente as ouvia implorar por direitos e regalias.

Nunca sofri tanto para controlar minhas emoções. Nem o mais poderoso dos exercícios de respiração conseguia me ajudar. Não havia ninguém com quem eu pudesse conversar, desabafar. Alguém que pudesse me amparar e me dizer que tudo ficaria bem. Era somente eu e eu mesma; e só conseguia pensar na cena de horror a que havia acabado de assistir em casa. Cada detalhe repetia-se na minha memória como uma fita danificada.

Outra mulher chegou para ficar na minha cela. Ela aparentava ter uns vinte e poucos anos e pelo menos não era hostil. Malika, de Compton, me contou que ela e seu namorado faziam parte de uma gangue e que eles haviam assaltado uma loja de conveniência, mas ela estava muito drogada e começou a passar mal na cena do crime. Então o cara fugiu e a deixou para trás. Ela parecia estar muito mais chateada com isso do que com o fato de ter sido presa. Só conseguia dizer que o odiava. Eu podia entender seu sentimento e havia algum potencial para amizade entre a gente, mas Malika precisou passar a noite vomitando na privada, e não parecia nada preocupada em fazer amigas brancas na cadeia.

Eu sentia que havia chegado ao inferno. Havia sido traída, humilhada, injustiçada e encarcerada, e não sabia quando meu fim chegaria. Não fazia ideia das horas, mas meu corpo suplicava por descanso e pela oportunidade de esquecer tudo por algumas horas. Era impossível, porém, com o cheiro repugnante de vômito que empesteava a cela pequena e claustrofóbica.

Nunca imaginei que um dia seria presa. Todas as vezes que eu abria os olhos, incrédula, começava a chorar. A vontade que eu tinha era de sair correndo, correndo, velozmente, por toda a eternidade. Mas não havia lugar algum para onde eu pudesse correr. O sentimento era de agonia, de pânico, de sufoco. Eu rezava para alguém vir me salvar, mas era inútil.

Três dias depois, no dia vinte e um de dezembro, minha fiança foi paga por um dos meus assistentes. O valor era absurdo, possivelmente ilegal, e causou danos irreparáveis à minha vida. Foram duzentos e cinquenta mil dólares, o que significou trinta mil para um fiador que eu conhecia. Na época, era uma fortuna. Bob, o assistente, me pediu para nunca contar para ninguém que foi ele quem me resgatou.

— Ninguém pode saber que fiz isso. Passei a noite chorando por você, se quer saber — confessou ele, depois de dizer que já sabia que meu marido não era fiel. — Ele sempre saiu com outras mulheres enquanto estava com você. Sinto muito por tudo o que está acontecendo. Eu podia ter te contado a verdade e te poupado dessa situação, mas ninguém ousaria desobedecer ou trair o sr. Faustini. Eu tenho muito medo dele, Sophia. Ele tem a cabeça muito quente.

Naturalmente, na cabeça cozida de Anthony, eu *tinha* que pagar um preço altíssimo por tentar dizer a ele o que podia ou não fazer. Sempre que alguém tentava impor regras ou limites em sua vida, esta pessoa acabava à beira da estrada, com uma das mãos na frente e a outra atrás. Ele não deixava barato. Só pessoas que sempre dizem sim podem ficar a seu lado. Qualquer um que tentou dizer não acabou gravemente ferido.

Fui liberada em uma sexta-feira. Quando vi a luz do sol novamente, um paparazzi eternizou meu rosto em desgraça. As fotos, que se assemelhavam ao retrato de uma mendiga, foram publicadas com a seguinte legenda: "Sophia Young, ex-mulher do astro de TV Anthony Faustini, é presa em Hollywood por violência doméstica e vandalismo."

Nunca senti tanta vergonha em toda a minha vida ao me ver no jornal. Nunca me senti tão injustiçada. Minha cabeça voltou mil vezes ao momento em que me vesti para ir ao shopping. Se eu soubesse que seria presa com aquela roupa desleixada que coloquei para sair por uma hora, teria me dedicado ao meu visual. Que foto horrorosa! Anthony a usaria contra mim para sempre.

Quando a matéria começou a se espalhar pelas mídias do país, eu ainda acreditava que conseguiria contar meu lado da história e mudar a opinião pública. Eu tinha certeza de que Anthony seria odiado depois que a mídia, seus chefes e seus fãs descobrissem o quanto ele é infiel, mentiroso, frio, vingativo e monstruoso. Que chamou a polícia para me prender depois que o flagrei me traindo na nossa cama com uma puta. Eu sabia que a única coisa errada que eu havia feito era ter confiado cegamente nele. Qualquer mulher reagiria como eu reagi. Quando ele colocou um diamante no meu dedo e prometeu me amar para sempre, tive motivos para acreditar que ele pertencia a mim. E quando outra mulher me mostrou que ele de fato nunca me pertenceu, foi como atear fogo em combustível. Não havia como controlar o surto. Minha reação natural foi espalhar minhas chamas e causar graves feridas, que fossem de alguma forma tão grandes quanto a dor que me rasgava por dentro.

Uma semana depois e nada havia mudado. Contatei diversos veículos de comunicação e nenhum havia publicado minha versão dos fatos. Minha assessora de imprensa me abandonara, e cada vez que uma matéria mentirosa sobre mim era publicada mais um "amigo" desaparecia da minha vida, misteriosamente, por medo de se envolver.

Minhas crises de pânico foram ficando cada vez mais graves. Estava vivendo um pesadelo do qual não conseguia acordar. Havia sofrido uma súbita perda de poder e, de uma hora pra outra, ninguém se lembrava mais de mim como a estrela de *Boneca de porcelana*. Eu era uma louca, uma psicopata, ou uma piada.

Quando descobri que Anthony havia contratado um novo assessor de imprensa, conhecido por agir em momentos de crise, tudo começou a fazer sentido. Eu estava sendo sabotada por um poder muito maior. Seu programa de TV tinha muito a perder se Anthony fosse exposto. Alguém teve o trabalho de destruir minha imagem, e era alguém que não dormia no ponto.

O tal assessor divulgou a seguinte declaração para a mídia:

> SOPHIA YOUNG, EX-MULHER DO ASTRO DE TV ANTHONY FAUSTINI, FOI PRESA EM HOLLYWOOD POR VIOLÊNCIA DOMÉSTICA E VANDALISMO. A ATRIZ DESEMPREGADA TEM UM LONGO HISTÓRICO DE VIOLÊNCIA. NO INCIDENTE QUE OCORREU NA MANSÃO DO ATOR, SOPHIA DEIXOU O ROSTO DE ANTHONY FAUSTINI ENSANGUENTADO, DANIFICOU SUA COLUNA E DESTRUIU GRANDE PARTE DA SUA PROPRIEDADE. ANTHONY ACREDITA QUE SÓ CONSEGUIRÁ SE SENTIR SEGURO NOVAMENTE QUANDO SOPHIA ESTIVER ATRÁS DAS GRADES. O ASTRO DE *O BEIJO DELA* ESPERA PODER RETORNAR AO SERIADO DE SUCESSO ASSIM QUE SE RECUPERAR DOS FERIMENTOS E TRAUMAS CAUSADOS POR SUA VIOLENTA EX-MULHER A QUEM ELE DESEJA O MELHOR.

Coitadinho do astro de TV!

A mesma história foi impressa em todos os jornais e revistas do país, sem que procurassem obter minha versão. E nem assim meu rosto saiu nas capas. Era o rosto dele, fingindo que estava arrasado. Fotos retiradas de cenas dramáticas de *O beijo dela*. Todas as revistas falavam sobre sua recuperação e seu antecipado retorno às telas. Era hora de assinar o contrato para a nova temporada do seriado. Ele estava claramente lucrando com o circo ridículo que havia arquitetado, e eu era uma refém, forçada a ser palhaça.

Minha conta bancária começou a ficar cada vez mais vazia enquanto eu pagava pelos gastos com o divórcio, pela custosa defesa criminal, pelo aluguel e pelas contas do meu novo apartamento e pela tentativa de contar na mídia o que realmente aconteceu na mídia. Eu estava falindo.

Naquela época, ainda acreditava que era uma mulher rica. Doeu profundamente descobrir que a riqueza é uma condição temporária quando se tem tantos problemas de uma hora para outra e não há nenhum trabalho em vista para sustentar um *life style* exuberante.

Quando finalmente cheguei ao meu julgamento criminal, não tinha mais condições de pagar um advogado. Fui representada por uma defensora pública, mas representação é uma palavra irônica, uma vez que sua defesa não correspondeu à verdade em momento algum. Quando nos reunimos para conversar sobre o que aconteceu naquela tarde, consegui o máximo de quinze minutos do tempo dela. A advogada pública Alison tentou me convencer a aceitar o acordo da promotoria, e quando não conseguiu que eu concordasse em me declarar culpada, passou a agir como se eu fosse sua inimiga. Foram os piores dias da minha vida. Senti que a advogada estava lá somente para segurar minha mão enquanto me mandava para a cadeia. Não havia ninguém tentando me proteger ou me compreender.

Depois de quatro dias de julgamento, um júri composto de doze jurados me condenou. A advogada sequer chamou minhas testemunhas, e, enquanto isso, testemunhas a favor de Anthony conseguiram me retratar como uma doente mental. Uma mulher depressiva, possessiva, excessivamente ciumenta, com problemas sérios de autoestima. Mas o principal de tudo: eu era perigosa. Para mim mesma e para os outros à minha volta, é claro. Por isso precisava de *time off*.

Até o demônio Malice testemunhou. Com o cabelo preso em um coque bem arrumado, vestindo um terno branco Dolce & Gabbana, provavelmente pago por Anthony, e usando uma maquiagem impecável. A piranha contou histórias elaboradas ao meu respeito e, além de ser bem articulada, era uma mentirosa profissional.

— Nós nunca tivemos um caso. Eu e o sr. Faustini estávamos nos reunindo para conversar sobre negócios, e a acusada, Sophia Young, não conseguia controlar seu ciúme. Mesmo com o sr. Faustini insistindo pacientemente que sou apenas um contato profissional, ela teimava em nos seguir e nos vigiar. Cheguei a ver seu carro em pelo menos duas ocasiões. Nós nos encontrávamos em público, é claro, em um restaurante, e a acusada parava o carro perto do estabelecimento e aguardava. Eu achava aquilo muito esquisito e exagerado, afinal ela se casou com um astro do cinema. Parte do trabalho dele é ir às reuniões profissionais, e ela sabe disso porque também é atriz. O sr. Faustini não queria confrontá-la, pois conhece bem seu temperamento, e temia acabar causando uma briga séria, mas estava muito incomodado. Sr. Faustini hesitou um pouco antes de me falar dos seus problemas pessoais que tinha com a esposa, pois é um homem muito respeitador e educado, mas certa vez ficou tão incomodado que acabou revelando que ela era agressiva e que já havia o atacado fisicamente outras vezes. Ele estava com muito, muito medo, porque ela já havia ameaçado matá-lo.

Anthony havia desligado as câmeras de segurança da casa. Eu não tive como provar que Malice esteve lá. Ela não tinha dirigido até nossa casa, ele a havia buscado e levado para lá escondida, em algum dos carros dele, que tivesse convenientemente com película preta nos vidros.

Ouvir Malice falar foi pior do que meu mais tenebroso pesadelo. Eu queria me levantar e agredi-la mais uma vez. Se existe uma palavra mais forte do que humilhação, era o que eu estava sentindo naquele momento.

Como foi que os papéis mudaram tão subitamente? Qual foi a inimiga determinada que dormiu com o diretor responsável pelo filme da minha vida? Eu não conseguia acreditar no que estava acontecendo com meu conto de fadas hollywoodiano.

Minha vida nunca mais foi a mesma depois daquele fatídico dezoito de dezembro. Quando Anthony Faustini decidiu que minhas luzes deveriam ser apagadas, Hollywood apagou minhas luzes. Eu nunca havia me dado conta do tamanho do seu poder até ele ter sido usado para me desligar da tomada. Minha luz simplesmente se apagou, e se perdeu. Apesar de estar no auge dos meus vinte e poucos anos, e de ter uma beleza rara e invejável, as portas foram fechadas para mim. Quando eu conseguia despertar o interesse de alguém, após alguns dias, a pessoa perdia o interesse. Uma ligação da equipe de Anthony era o suficiente para afastar a indústria de mim. Ele queria que eu fosse embora de Hollywood como um monstro, para que ele pudesse ser um herói.

Em outras situações, perdi oportunidades por me recusar a abrir as pernas. Tão jovem e já não conseguia mais me relacionar com homens por trabalho. Um *não* para o pau duro de um executivo ou de um produtor poderoso — e era o fim da reunião. Queriam que eu me transformasse em uma atriz pornográfica, e eu já não conseguia mais interpretar esse papel. Talvez quando ainda era uma adolescente, mas não agora. Nunca mais.

Hollywood é um sistema que protege aqueles que geram lucro para grandes empresas. Eu nunca tive chances na minha batalha contra Anthony Faustini. Quem está na TV é sempre o ganhador, e eu era de fato uma atriz desempregada em 1993. Anthony era o astro. Eu permiti que ele me transformasse em uma mulher que espera pelo marido em vez de trabalhar.

Fui obrigada a descer da montanha. Cheguei ao topo do letreiro, mas fui arremessada para longe, sem sequer merecer a queda. Bati a cabeça e tive uma concussão. A conta do hospital foi absurda, e precisei gastar com remédios.

Há um castigo para aqueles que chegam ao Mágico de Oz e descobrem o que acontece por trás das cortinas. Minha pena por ter descoberto a infidelidade do cobiçado astro de *O beijo dela* pareceu justa para o público propositalmente desinformado pela imprensa descompromissada. Cadeia para Sophia Young!

— Senhora Young, estou dando a você a oportunidade de entender que violência doméstica não deve ser banalizada. Você vai conhecer muitas mulheres como você na cadeia. Mulheres que acreditam que, por serem mulheres, têm passe livre para atacar os homens — disse a juíza durante minha sentença. — Você foi condenada por um júri de doze e deve entender que é culpada por estes crimes. Você deve obedecer à ordem de restrição e cortar qualquer contato com a vítima. Qualquer violação resultará em punições graves. Eu não terei dó de usá-la como exemplo e de aumentar a pena se achar apropriado. E esta ainda é leve.

Em fevereiro de 1993, fui condenada a dezoito meses na Lynwood County Jail. Foi um castigo devastador e trágico. Eu estava sem ar, não conseguia respirar.

Nas capas de revista, Anthony Faustini pôde finalmente encontrar a paz. Festas em Hollywood celebravam minha prisão, e uma das testemunhas comemorava sua música sendo tocada na trilha sonora da nova temporada de *O beijo dela*. Na semana seguinte, Malice com certeza seria recompensada, tudo às custas da condenação.

Cumpri doze meses inteiros de pena, apesar dos boatos de que seria liberada antes, bem antes, pois a cadeia está sempre superlotada. Limpei o chão que o diabo pisou, comi o pão que o diabo amassou. Perdi um ano da minha vida e por pouco não perdi a cabeça também. Meu refúgio foi escrever roteiros e preencher um diário contando minha história. O interesse americano em literatura de prisão é grande.

Há muitas palavras para descrever a vida na cadeia. Eu poderia escrever um roteiro ou um livro para cada semana que vivi na instituição, sendo lembrada diariamente de que ter feito alguns filmes não me torna diferente de ninguém e de que sou apenas mais um número. Um número que às vezes ganha o privilégio de ser chamado por um nome. Um nome que não significa nada.

Felizmente, me permitiram trabalhar na biblioteca, e, enquanto lia livros, escrevia o meu.

Foi difícil voltar à luz do sol depois de tantos dias na escuridão, empacada em um mundo sem relógios, sem futilidades, sem opções, sem recompensas, sem conforto, sem compaixão, sem esperança, sem paz e, principalmente, sem justiça. Quando finalmente conquistei minha liberdade condicional, o mundo estava diferente, e eu estava ainda mais mudada.

Bill Clinton havia conquistado a presidência e dois dos policiais que espancaram Rodney King haviam sido julgados novamente e condenados à prisão. O 50º Academy Awards aconteceu em Los Angeles, e Anthony Faustini foi destaque na plateia com sua nova namorada, Jessica. Nenhum fotógrafo me aguardou na saída da cadeia. Eu não tinha mais um apartamento, e tudo que me restava estava em um armazém barato no Valley. Eu ficaria em liberdade condicional pelos próximos três anos e precisaria de terapia com urgência. Sentia muito mais raiva do que antes e estava verdadeiramente assustada, sem saber o que poderia fazer para seguir em frente e recomeçar.

Passados dezesseis anos, muitas coisas haviam acontecido, tantas mudaram, eu já curara tantas feridas, mas ainda conseguia me lembrar de cada detalhe.

Revia todos os acontecimentos traumáticos do passado em minha memória como se fossem um filme, enquanto dizia adeus ao meu apartamento, mais uma vez, sem ter culpa de nada.

Sempre que fico em pânico, revejo todos os detalhes dos acontecimentos traumáticos do passado como um filme em *slow motion*. Como se fossem assombrações que se recusam a partir; o Fantasma do Natal Passado.

SEM TETO

O xerife veio na manhã seguinte. Primeiro tomou seu desjejum — pão com café —, depois estacionou na frente do prédio histórico, onde um assassinato terrível havia acabado de ocorrer e abalado a todos. Subiu as escadas até o segundo andar, bateu à minha porta e me avisou que minha hora havia finalmente chegado. Ele era um homem mais velho, tinha cabelos grisalhos, e era bem-educado. Não tentou me humilhar de forma alguma. Faith o aguardava no final do corredor, em silêncio, sem se aproximar. Foi a primeira vez que eu a vi desde a tragédia que manchou o carpete do Hillside. Por algum motivo, ela permaneceu distante, sem dizer uma palavra.

Eu tinha quinze minutos para retirar minhas malas do meio da sala e colocá-las no corredor. Obedeci às ordens do xerife e ele me informou que eu precisaria marcar uma hora com a gerente para buscar o restante dos meus pertences. Naturalmente, a chave do apartamento já não me pertencia mais. Não contestei. O xerife só estava fazendo seu trabalho, e preferi não criar problemas para ele.

Faith desceu as escadas, e estranhei seu comportamento desatento. Esperava, no mínimo, uma última farpa, o que nunca aconteceu.

Pela primeira vez questionei o motivo que me levou a não pagar o aumento do aluguel. Por que não me rendi? Por que fui deixar a vida me levar, sabendo que seria para o fundo do poço? Agora eu não tinha mais casa. Do que adiantara não ir à corte? Por que não havia simplesmente procurado outro apartamento? Detesto quando ajo de maneira irracional.

— Senhor, vou aguardar o meu vizinho que vai descer para me ajudar a carregar as malas.

— Tudo bem. Boa sorte!

O xerife foi embora, e eu me agachei no corredor. Olhei para a porta trancada e senti uma pontada no estômago. Imediatamente tentei impedir que meus verdadeiros sentimentos viessem à tona. Primeiro eu precisava ir para o apartamento de Doris e Frank, depois poderia analisar com calma o que estava acontecendo comigo. Se entrasse em pânico naquele momento, iria transformar tudo em uma catástrofe ainda maior.

Tirei o celular do bolso e tentei ligar para o casal. Eles não atenderam. Fiquei preocupada, e depois, ansiosa. Disquei o número de Marlon e, ao ouvir seu telefone tocar, rapidamente me lembrei do que havia acontecido à sua porta. Como ele estava aguentando? Desde que a polícia levou Richard, tudo o que consegui foi dormir, sequer fui vê-lo. A sensação era de que eu tivesse batido a cabeça e não conseguisse me manter acordada.

O sentimento que tomou conta de mim já me era familiar. Era o mesmo de quando perdi minha liberdade, minha carreira, meu marido, minha fama. Era somente mais uma grande perda para a longa lista de perdas, mas o que fiz para merecer? Não conseguia entender como havia acabado mutilada daquele jeito.

Doris apareceu de repente e me ajudou a colocar as malas no elevador. Rimos da quantidade de roupas que eu ainda tinha, mesmo depois de ter me desfeito de muitas delas ao fazer duas grandes vendas no ano anterior. Nenhuma de nós estava em sua melhor forma naquele momento, mas conseguimos terminar a tarefa com sucesso enquanto ríamos da situação desesperadora. Eu gostava da companhia de Doris. Ela tinha uma energia boa, que me levantava.

Quando abri a porta do apartamento que eu ia ficar, minha ficha caiu: não havia quase nenhuma mobília. Era somente um espaço grande, com o que eles deixaram para trás.

— Por que você não pediu ajuda para desmontar a cama? — perguntou Doris. — O Marlon teria ajudado, ou qualquer outra pessoa...

— Eu não sei — respondi, espantada comigo mesma.

— Posso pedir ao Frank para passar aqui mais tarde e te levar para comprar um colchão, pelo menos.

— Não precisa — falei, sem querer incomodar mais. — Resolvo isso mais tarde, você já me ajudou muito.

— Infelizmente é sexta-feira. Você não vai poder agendar para tirar seus móveis do apartamento antes de segunda. Mas na segunda já vou ter arrumado bastante coisa na casa e vou poder tirar algumas horas do dia para te ajudar.

— Você acha que devo trazer os móveis para cá?

— Sophia, é sério? Você tá pensando em não levar suas coisas?

— Sim, mas... não estava pensando claramente...

— É que estamos todos estressados e fora de controle, entendo. Olha, eu te ajudo na segunda. Aqui estão as chaves. Nós vamos ter que usar o computador durante as manhãs, mas não vamos incomodar muito. Acredito que tudo vai dar certo no final. Você tem pelo menos três semanas para resolver para onde ir.

— Obrigada por tudo, Doris! Eu nunca vou esquecer.

— Por algum motivo, estamos juntas nesse barco.

HOMENS DE HOLLYWOOD

Admito que sinto uma vontade incontrolável de me masturbar quando estou desolada. Por isso sempre gostei de morar em apartamentos com banheiras, de preferência que fossem espaçosas. Tomar banho em pé é muito chato e, além disso, pouco produtivo. Quando deito na banheira, arregaço as pernas e coloco um ou dois dedos dentro da vagina, sinto-me capaz de analisar minha vida com impressionante clareza. Foi a primeira coisa que fiz quando fiquei sozinha no apartamento de Doris e Frank. Depois, tive que sair para comprar um colchão.

Antes de entrar no banho, parei na frente do espelho e comecei a observar meu corpo nu. Havia passado tempo demais sem me olhar, com medo de me decepcionar. Temia enxergar defeitos que talvez fossem produto da minha insegurança, talvez não. Mas na verdade até me surpreendi. Eu não estava tão acabada quanto achava, ainda era uma bela mulher. Minha pele não estava flácida, eu não estava gorda nem minha bunda havia caído. Minhas pernas, por muitos consideradas um dos meus maiores atributos, continuavam longas e esbeltas. Como não tive filhos e fiquei muitos anos sem fazer sexo, continuava com uma bela vagina apertada. Só precisava me depilar. E tomar sol não faria mal. Eu estava pálida como um fantasma, e não parecia uma mulher que se orgulhava de morar na Costa Oeste. Talvez, se eu fizesse uma plástica nos seios, me sentisse consideravelmente melhor. Um pouco mais próxima da garota irritantemente confiante que eu era quando cheguei na cidade dos anjos e demônios.

Assim que me deitei na banheira, abri as pernas e fechei os olhos, comecei a me lembrar dos primeiros anos que vivi em Hollywood, com a cabeça em diferentes travesseiros, saltitando de salto alto pelas ruas, parecendo uma cadela no cio, experimentando os diferentes cachorros da cidade — em busca da minha grande chance de me tornar famosa e feliz. Meu sonho americano.

Os homens daquele tempo não eram capazes de me machucar. Eu era uma garota focada nos meus objetivos e seguia conselhos valiosos de Marilyn Monroe: beijava sem amar, ouvia sem acreditar e sempre — sempre — ia embora antes de ser deixada. Enquanto aguardava pela chegada triunfal do grande amor de minha vida, divertia-me com homens que tinham algo a me oferecer, e não me permitia cair em conversas fiadas.

Meu maior problema eram os homens que se diziam apaixonados por mim. Não é fácil dar um fora em homens que acreditam que você pertence a eles e, no final, ainda sair impune. As chamas deles sempre costumam alcançar em você de alguma forma.

Muitos homens de Hollywood passam tempo demais se olhando no espelho, mas não são capazes de enxergar seus reflexos. Se eu tivesse me apaixonado pelos homens que se diziam apaixonados por mim, eles teriam surtado e fugido às pressas. A cidade está infestada de homens hipócritas, mentirosos e injustos, que têm pelo menos seis ou sete mulheres, e ainda assim cobram fidelidade de cada uma delas.

Eu ainda era adolescente nesta época, mas pensava como uma mulher adulta. Para mim, nada era brincadeira. Eu levava minha vida a sério; tinha um plano para o futuro. Não pensava só em sexo. Frequentava aulas de teatro, de canto, de dança e de língua francesa.

Sempre fui assustadoramente precoce, então sexo para mim não era novidade. Perdi a virgindade aos catorze anos, com um cara de vinte e sete. Ele se chamava Bill e era professor de teatro na escola. Depois que ele cometeu o pecado de dormir comigo, consegui papéis principais em duas peças na escola. Em um ano fui Dorothy, no outro fui Julieta. No ano seguinte ele foi despedido. Fiquei aliviada, porque no fundo sentia culpa e vergonha, mas também acabei sendo prejudicada. A nova professora não simpatizou comigo. Eu já era uma mulher arrogante, mesmo aos dezesseis anos. Essa professora era muito perceptiva e havia notado meu comportamento.

A verdade é que desde cedo percebi que os homens me adoravam. Admiravam minha beleza, meu corpo, minha ambição, minha determinação. Como prioridade eu tinha minha carreira de atriz, e sabia que meu destino era ser uma estrela de cinema. Eu estava certa de que quando conseguisse sucesso profissional finalmente teria a oportunidade de conquistar o coração da pessoa certa — um grande astro do cinema —, que, unida a mim, se tornaria tão brilhante e poderosa que machucaria os olhos de qualquer espectador. Enquanto isso não acontecia, eu saía em busca de pessoas que podiam me ajudar.

Mesmo querendo ser a única mulher na vida de um homem, sempre acreditei, com todas as forças do meu ser, que nasci para casar com um astro de cinema de Hollywood. Mulheres como eu não conseguem viver com tipos menos egoístas e dementes. Gostam de homens fora do normal. Homens cobiçados e que chamam a atenção de todos. Homens que arrastam uma multidão de admiradores por onde passam. Homens que gostam da boa leitura, de assistir a filmes e de se arriscar.

Quando tento explicar o meu jeito de ser, acabo me lembrando da minha infância na escola. Lembro com clareza de Dennis Sour, o primeiro menino que amei.

Apesar de ele ser mais velho, estudávamos na mesma sala durante a primeira série e nos beijamos quando estávamos na terceira. Dennis nunca quis ser meu namorado, mas também nunca pertenceu a garota alguma. Muitas meninas gostavam dele. Ele era um verdadeiro rebelde, um fora da lei, além de ser lindo. Na adolescência, tornou-se um dos bandidos mais procurados da cidade. No início só vendia drogas, mas com o tempo expandiu os negócios, conheceu criminosos e passou a vender armas também. Dennis era o ídolo de um monte de garotos sem rumo. Um verdadeiro gângster.

Aos dezenove anos, Dennis surpreendeu a todos por se tornar um dos criminosos mais procurados do estado. Nunca me esquecerei do dia em que o vi no noticiário nacional. Eu já morava em Los Angeles e fiquei transtornada. Tudo que conseguia dizer para minha mãe era que ele estava lindo. Minha mãe, como era louca, concordou com meu comentário e nunca questionou minha atração por um criminoso. No fundo ela também desejava ser uma fora da lei, e ficou tão deslumbrada quanto eu ao ver Dennis na TV, sendo assunto no noticiário e procurado pela polícia.

— Você adora um bad boy, hein — comentou ela.

— Não tem como negar minhas origens!

— Por isso preciso sempre te lembrar que se apaixonar por um pode te levar à morte. Por favor, tome muito cuidado!

Minha mãe era uma mulher exagerada e dramática, mas estava certa ao me dar aquele conselho. Aos dezoito anos, eu já sabia que não é fácil namorar em Hollywood, e que se apaixonar pode ser literalmente fatal.

Muitos homens desta cidade estão disponíveis para sexo, até os que desfilam com aliança no dedo, mas estes nunca estão disponíveis para beijar, conversar ou fazer qualquer coisa que não gire em torno do pau deles. O pau de alguns chega a comandar relações. Em vez de dizerem que estão com saudades, falam: "Meu pau está com saudades." E muitas mulheres de Hollywood estão tão acostumadas com tão pouco vindo dos homens que são levadas a achar românticas suas atitudes. Já vi essa história se repetir mais de mil vezes. Na maioria dos casos, porém, é somente um convite para chupá-los, sem nenhuma garantia de que haverá penetração. Eles morrem de medo de engravidar suas amantes, mas também odeiam usar camisinha, então preferem só sexo oral.

Para esses homens de Hollywood, o relacionamento perfeito tem hora marcada para começar e terminar. No máximo vinte ou trinta minutos, pois são muito, muito ocupados. Precisam voltar para o trabalho ou para casa, onde suas esposas os esperam — mulheres pacientes que merecem todo o nosso respeito, mas que estão limitadas a cuidar de seus bebês e preparar comida enquanto seus maridos ganham suas fortunas e recebem sexo oral de mulheres que os admiram e são capazes de fazer tudo por eles, até mesmo manter segredo das esposas.

Muitos optam por ter relações com prostitutas. Apesar de não terem necessidade alguma de pagar por sexo, preferem pagar para ter a certeza de que a moça da vez não vai querer ficar e tentar abraçá-los depois que eles gozarem. Segundo um amigo diretor, a maior diferença entre sexo por dinheiro e sexo grátis é que o sexo grátis custa muito mais caro. Sexo com acordo financeiro é a forma mais segura. Charlie Sheen poderia estrelar neste comercial preventivo para pessoas locais.

Já deu para perceber que sempre fui meio cínica?

Meus pais se separaram em 1985. Minha mãe não aguentava mais o abuso físico que sofria e resolveu me levar para Los Angeles, na Califórnia. Quando completei dezesseis anos, deixei minha escola e meus amigos e embarquei em um avião, tudo às escondidas do meu pai. Eu queria me tornar atriz de cinema, e esta era a desculpa perfeita para minha mãe fugir — dele, e dos amantes. Eu sabia de dois, mas hoje acredito que ela tivesse mais. Cada vez que meu pai bebia e tentava agredi-la, minha mãe saía de casa e ia procurar alguém para transar e relaxar.

Um dia, já em Los Angeles, certa de que eu sabia de tudo e não concordava com sua atitude, ela chorou e tentou me explicar seu comportamento imoral:

— Eu era obrigada a abaixar a cabeça, Sophia. E só conseguia abaixar a cabeça se metesse um chifre nele. Espero que um dia você me perdoe por te dar esse exemplo horrível. Eu só acho que nós, mulheres, não podemos nos rebaixar aos homens! Eu errei, mas era o que eu precisava fazer para sobreviver.

Minha mãe um dia fora uma mulher esbelta, jovem e esperançosa. Uma adolescente dos anos 1960 que casou cedo demais, por amor e por impulso. Cantava blues com a alma e tinha sonhos de conquistar fama mundial. Quando chegou na cidade com seu violão, parecia que nada a abalaria. Era como se ela tivesse se transformado e seu rosto tivesse adquirido uma nova luz. Nunca passou pela minha cabeça que ela pudesse ser uma mãe irresponsável ou que precisasse de ajuda profissional. Quando fugimos de casa, ela vivia dizendo que havia juntado muito dinheiro para financiar nossa vida em Los Angeles, mas nunca revelou exatamente quanto. Quando descobri que ela estava mentindo, percebi que, quando se tratava de dinheiro, não podia confiar em ninguém, nem mesmo na minha mãe. Tive que parar de frequentar minhas aulas.

Um ano e meio depois, minha mãe foi internada. E muitas internações dramáticas continuaram aconteceNdo, toda vez que um músico estraçalhava seu coração. Minha mãe achava que, para se sentir melhor, precisava também mutilar o braço. Um dia ela foi longe demais e se quebrou para sempre. Eu vivia repetindo para todos que ela havia morrido de coração partido — uma doença que corre solta em Hollywood, e que podia ainda me afetar.

— Eu não escolho me apaixonar por músicos porque sou apaixonada por música — dizia ela. — Escolho me apaixonar por músicos porque gosto de sofrer.

Na época nós ríamos, mas a situação não era nada engraçada. O primeiro músico que minha mãe amou foi meu pai, um pianista talentoso, e ele acabou se revelando um alcóolatra abusivo e detestável. Ela tinha o dedo podre para escolhas, e sabia disso. Uma vez me implorou que eu fosse diferente dela. Que gostasse de médicos, de dentistas, ou algo do tipo. Ao que eu respondi, sem hesitar:

— Mãe, aconteça o que acontecer, eu vou me casar com um grande astro de Hollywood! E minha história vai ser bem diferente da sua. Você vai ver!

— Cuidado com o que você deseja! — ela me avisou.

Claramente, eu estava errada. A história se repetiu, impiedosamente. Quando finalmente encontrei meu homem principesco, meu grande astro de Hollywood, ele me deu uma maçã envenenada.

Depois dele eu nunca mais consegui transar da mesma forma em Hollywood, e passei a me contentar com brinquedos, e com meus longos dedos na vagina.

LUCRANDO COM FANTASMAS

Moradores do Hillside viviam jogando coisas preciosas no lixo. Um dia encontrei dezenas de roteiros de filmes clássicos abandonados em uma caixa ao lado da lixeira, como se fossem tão sem importância quanto rabiscos que fazemos distraidamente quando estamos ao telefone. Em outra ocasião achei retratos em preto e branco em belíssimas molduras de ouro velho, e estes tinham tanta expressão que os pendurei na parede do apartamento de Doris e Frank, sem nem mesmo pedir permissão. Eu estava começando a me acomodar no apartamento semivazio, com a pouca mobília que me restava, mas em poucos dias eu teria que me mudar mais uma vez. Havia finalmente decidido para onde ir, e estava mais que feliz, mas, enquanto o prazo para sair de lá não estourava, passava horas lendo os roteiros em voz alta, interpretando personagens com vozes diferentes, sapateando pelo apartamento como se fosse um palco, já ciente de todas as diferentes marcações.

Marlon, Doris e Frank resolveram vir ao apartamento para uma reunião. Apesar de três semanas já terem se passado, ainda falávamos sobre o assassinato de Jolene como se tivesse acontecido na noite anterior. O tempo parecia, de certa forma, ter estacionado. Todos sentiam-se assombrados pelas lembranças dela.

Os donos do prédio haviam literalmente decidido recortar o pedaço do carpete do terceiro andar sobre o qual o corpo de Jolene havia caído. Eu me sentia desrespeitada por aquela atitude. Imagine Marlon, pobre coitado, que via o buraco no carpete todas as vezes que saía do seu apartamento. Para ele, aquilo *era* uma assombração. Agora havia uma mancha de sangue sob o piso de madeira onde antes existia o carpete.

Marlon chorava quando pensava em Jolene e não parava de ter pesadelos em que encontrava o corpo dela sem vida abandonado em frente à sua porta. Como ele foi considerado testemunha principal, passava tempo demais conversando com policiais, tentando montar as peças do quebra-cabeça. Para piorar, ouvia repetidamente uma das músicas preferidas dela, mesmo sem gostar. Vivia falando com a família dela ao telefone, e ainda prometeu ajudar para que Richard recebesse a maior punição possível, provavelmente pena de morte. O julgamento ainda podia demorar.

Eu mesma havia tido dois sonhos repetidos, que me levaram a despertar em pânico, suada, questionando se haviam de fato ocorrido na vida real.

Em meus sonhos, eu me levantava no meio da noite e a encontrava no corredor do terceiro andar, com o rosto abatido e pálido, com um grande kit de maquiagem nas mãos. Meus sonhos pareciam reais. Acordada, eu ainda conseguia sentir o forte aroma do perfume dela, e o cheiro do sangue que manchava o chão. Sentia vontade de procurá-la no terceiro andar, mas morria de medo de encontrá-la de fato.

Doris também havia sonhado, mas seu sonho era diferente. No dela, Jolene era um anjo sorridente, que dizia que sempre a protegeria, principalmente quando estivesse em perigo. Doris não sentiu medo ao vê-la. Ao acordar, sentia-se calma, feliz e energizada. Frank não teve sonho algum. Tinha outros pensamentos em mente.

— Nossos sonhos dizem mais sobre nós mesmos do que qualquer outra coisa — falei. Todos concordaram com minha observação. — Mas já me perguntei se ela realmente está aqui. É difícil acreditar que não esteja.

Ninguém respondeu, apenas refletiram. Então Marlon falou:

— Preciso dizer algo muito importante. Há alguns dias, enquanto uma amiga visitava Hollywood, descobri algo que me deixou bem chateado. — Após uma pausa, ele prosseguiu com tom de raiva. — Hollywood é podre!

— O que foi? Fala logo! — pediu Doris.

— Descobri que aquele tour mal-assombrado que passa por aqui todas as manhãs já está usando a história da morte de Jolene. Faz somente *três* semanas que ela morreu e já deu tempo de criarem uma atração em torno da morte dela. Eu estou chocado!

Eu ri, sem querer ofender.

— E você ainda ri? — perguntou Marlon, exasperado.

— Você sabe que eu nunca riria dela. Estou achando graça porque Hollywood já começou a lucrar com a desgraça alheia, com a morte dela. O assassinato ficou famoso, foi para os noticiários e todos viram o rosto de Richard. Agora existem várias maneiras de lucrar com isso. Não estou surpresa! É assim que as coisas funcionam nesta cidade de abutres! Foi o que você mesmo disse para Faith. "Bem-vinda a Hollywood! Vamos fazer um reality show da sua desgraça e comprar seu nome-ponto-com para divulgá-lo." — Todos riram, apesar da seriedade do assunto. — Exatamente. Não tem graça nenhuma, mas isso era de se esperar! Moramos em Hollywood! Eu não me impressionaria se quisessem comprar o roteiro escrito por Richard.

— Mas ela é uma vítima! — protestou Marlon. — E precisa ser tratada com respeito!

— É *claro* que ela é uma vítima, mas o tour não é falta de respeito — opinou Frank. — Se eu tivesse sido assassinado, gostaria que falassem de mim como um fantasma famoso. Melhor do que ser esquecido e nem mesmo ser um fantasma.

— Concordo. É melhor falarem de Jolene como um fantasma famoso do que lembrarem somente do rosto fantasmagórico de Richard na televisão — disse eu. — É uma lástima quando o criminoso consegue receber mais atenção do que a vítima. Ela é que precisa ser lembrada.

— Acredito que Jolene pode mesmo estar ainda presa no prédio — disse Doris. — Sinto isso quando entro aqui. Principalmente agora, que já nos mudamos e tivemos a chance de sentir um ar diferente. A presença dela é muito, muito forte. É como se quisesse se comunicar com a gente. Como se quisesse contar o que estava acontecendo entre eles.

— Não percam o foco! — Marlon continuou protestando. — A questão é que não sabemos o que está sendo dito sobre ela! Se nós que a conhecíamos não temos respostas, imagine se um guia qualquer vai saber o que realmente aconteceu! Turistas do mundo inteiro gastam dinheiro nesse tour todos os dias! Pode ser que seja tudo baseado em mentiras!

— Por que você não faz o tour, Marlon? — sugeri. — Assim você pode tirar todas as suas dúvidas.

— Você tem razão — concordou ele. — E vou aproveitar para contar para o guia o que realmente aconteceu. Ela estava correndo em direção ao *meu* apartamento! E sou eu que vivo com isso, dia após dia!

Ficamos em silêncio. Ele estava se sentindo atormentado e todos podiam sentir seu desespero.

— Você vai ganhar o processo, Marlon — Doris o incentivou. — No final eles vão pagar por todo o sofrimento que te causaram. Tenha fé e continue lutando! Vai haver algum tipo de recompensa no final.

— Você não disse que tinha outro assunto? — interrompi, tentando evitar a conversa interminável sobre o processo. Eu não aguentava falar de processos.

— O próximo assunto é sobre os novos donos. Eles vão comprar o prédio do banco e mudar o nome da propriedade. Estou revoltado com isso, já que já que isso vai interferir em certos aspectos do meu processo. Eles querem desligar o nome do prédio de tudo que já postei na internet e me impedir de usar o novo nome em público. — Ficamos em silêncio de novo. — Bem-vindos ao Boulevard Apartments! — ironizou Marlon, virando os olhos.

— Adeus ao Boulevard Apartment! — declarei, praticamente desconsiderando a importância do que ele dizia. — Estou indo para San Diego na semana que vem. Decidi que vou deixar Hollywood.

Todos se espantaram.

— San Diego? — Doris questionou, sem acreditar na minha decisão inesperada. Havíamos conversado sobre minha inabilidade em deixar Hollywood como se se tratasse de uma doença incurável.

— Pensei bastante antes de tomar essa decisão. Sinto que finalmente estou preparada para uma mudança. Conversei com um velho amigo, proprietário de uma empresa farmacêutica, que me ofereceu um emprego em sua casa, em Coronado. É uma mansão. E foi em Coronado que Marilyn Monroe filmou *Quanto mais quente melhor*. — Eles riram, por saberem que eu nunca escolheria um lugar sem história. Se fosse história da Marilyn então, malas prontas. — Entre muitas outras coisas fantásticas, é claro. É um lugar maravilhoso, bom para descansar.

— Estou feliz por você! — exclamou Doris.

— Mandou bem! — disse Frank.

— Aquele lugar é mesmo foda! — comentou Marlon. — Todos os presidentes dos Estados Unidos já se hospedaram lá. Só tem milionário, bilionário e trilionário. Acho que você vai achar um bom partido. Um velho de quem vai herdar uma mina de diamantes.

— Você já está planejando a morte do meu futuro marido? — Eu ri. — Espera a gente se odiar primeiro.

— Se for morrer, tem que deixar dinheiro — disse Marlon. — Afinal, os melhores amigos de uma garota são os diamantes.

Todos me abraçaram e me desejaram boa sorte. Senti-me aliviada quando eles se retiraram do apartamento. A energia de todos estava pesada demais. Eu preferia manter um pouco de distância.

À noite, milagrosamente, a chuva começou a cair. Vesti meu pijama cor-de-rosa e coloquei algumas roupas na máquina de lavar. Abri um pouco a janela e apaguei as luzes do apartamento, deixando somente a do banheiro acesa. Deitei no colchão e me cobri com meu edredom vermelho. Fechei os olhos e comecei a prestar atenção no barulho gostoso da chuva, e ao da máquina de lavar. Sempre gostei de dormir com barulhos. Barulho de televisão, música, ar-condicionado ligado, máquina de lavar trabalhando, ventilador girando. Nunca gostei de dormir no silêncio.

Comecei a pensar sobre minha nova vida em Coronado. Sempre disse a todos que, se algum dia me mudasse de Hollywood, indiscutivelmente, teria que ser para uma praia. Cenas de *Quanto mais quente melhor* passavam pela minha cabeça.

A CAMINHO DA CIDADE DAS ESMERALDAS

Não sei por que demorei tantos anos para voltar a dirigir. Estava presa à ideia de que não era mais seguro para mim e que estar no volante novamente me faria sentir responsável por coisas terríveis, das quais precisava me esquecer de tê-las cometido.

Achava que um fantasma ia aparecer, causar um acidente fatal de carro e me largar no local como culpada. Ou que apareceria para se vingar levando minha vida.

Era como eu me sentia ao volante: mal-assombrada.

Durante algum tempo, me culpei por absolutamente tudo de ruim que havia acontecido na minha vida, e tive crises de pânico violentas por meses seguidos. Crises que precisavam ser evitadas a *qualquer custo*, pois podiam causar coisas terríveis.

A pior crise de pânico que tive aconteceu ao volante, alguns meses depois que saí da cadeia. Ela despertou um dos meus piores fantasmas. Um fantasma que vivia nas estradas e que eu fazia de tudo para tentar esquecer.

Quase morri naquela noite pardacenta quando desliguei o carro no meio da estrada e tirei as mãos do volante. Não acabei com a minha vida, mas acabei com a vida preciosa de uma criança inocente. Surtei enquanto estava dirigindo, pensando em tudo pelo que eu havia passado atrás das grades. Comecei a gritar, gritar, gritar, feito a sirene de uma ambulância que pede passagem com urgência. Dois carros desavisados bateram na traseira do meu; um deles transportava uma família inteira.

Por minha culpa, quatro pessoas acabaram machucadas e uma criança de oito anos, morta. Contudo, eu só soube disso mais tarde. Quando percebi que havia causado um acidente e sobrevivido, fugi como uma covarde, morrendo de medo de voltar para a cadeia.

A injustiça prevaleceu a meu favor. Nunca vieram atrás de mim e acabei me safando de um crime imperdoável, hediondo. Desde aquela noite, não consegui mais voltar ao volante: temia ter que acertar as contas com o fantasma do pequeno Joe em alguma estrada escura. Eu não conseguia sequer admitir o que havia acontecido.

Contudo, naquela manhã em que deixei Hollywood, senti-me alegre por ter alugado um Jaguar preto conversível. Assim que coloquei o pé no acelerador, senti menos medo do que imaginei que sentiria. Na verdade, senti-me serena e me lembrei de um período anterior ao acidente. Uma época feliz em que eu era uma adolescente aventureira e audaz, dirigindo pelas estradas americanas sem supervisão, em busca do meu sonho de um milhão de dólares.

Saí de Hollywood às sete da manhã, abandonando muitos bens materiais, guardando outros em um armazém e deixando algumas mensagens de voz. Peguei a 101 rumo à 5 South, ao som de Billie Holiday; seus maiores hits. Depois foi a vez de Nina Simone. O trânsito estava suportável, e eu me sentia tão conectada a um passado que não vivi, que só faltava enxergar a estrada à minha frente em preto e branco.

Amarrei um lenço preto e vermelho no cabelo e, com a capota abaixada, dirigi sentindo o vento bater no meu rosto por pelo menos meia hora até me sentir satisfeita e levantar a capota. Cantava com emoção e afinada, como uma cantora de jazz. Contava os segundos para chegar à minha nova casa. Era como se estivesse na parte de um filme em que a protagonista passa por uma tragédia terrificante, mas em alguns momentos consegue encontrar esperança na estrada. Neste instante do filme, o público estaria torcendo por mim — porém com certo receio; sempre acabo me dando mal no final.

A viagem foi curta e agradável, durou cerca de três horas pela costa do sul da Califórnia. Bastante simples: praticamente uma linha reta até chegar à ponte Coronado e alcançar a cidadezinha arborizada, à beira de uma paradisíaca praia de areia branca, a nove quilômetros do centro de San Diego e a poucos minutos de Tijuana, a fronteira mexicana.

Não era minha primeira vez em Coronado. Eu havia passado uma semana lá nos anos noventa, e me lembrava da areia resplandecente da praia, brilhando à luz do sol como se fosse feita de ouro, graças aos cristais de mica.

Lembrava do céu azul e límpido, e da água do oceano, gelada demais para moças frescas como eu, que gostam de banhos quentes de banheira. Mesmo assim, eu gostava de cultuar o mar. Adorava contemplar sua revolta e seu retorno inevitável à calmaria. Às vezes desejava que as ondas levassem meu passado e o apagassem da minha memória.

A afluente cidade foi fundada em 1885 e tinha um plano grandioso: tornar-se o destino de férias ideal, o falatório do mundo ocidental e o lugar onde a grama é realmente mais verde. Um livro publicado em 1902 dizia que Coronado recebera a primeira leva de todas as coisas boas presenteadas ao mundo. A cidade é charmosa, pomposa e segura. O clima é de vilarejo e possui cerca de vinte e cinco mil habitantes em vinte quilômetros quadrados.

Ao atravessar a ponte de cerca de três quilômetros de extensão, olhei para os prédios no centro de San Diego e para a Base Naval. Há uma forte presença militar na cidade, e bandeiras dos Estados Unidos bailando ao vento sempre me davam a falsa impressão de que eu era livre naquela terra americana abençoada. Por um momento, tive uma sensação prazerosa de patriotismo. Desliguei a música para ouvir o uivado do vento.

Sinceramente, não sabia se eu seria livre em Coronado. Eu estava ali a trabalho, mas não trabalhava havia anos, nem sabia se tinha a capacidade para tal. Estava estranhando tudo ter acontecido tão suavemente com Andrew Hardwell — um homem que eu não via havia muitos anos e que nunca fora um amigo tão próximo assim. Eu tinha tido sorte demais. Eu dera apenas dois telefonemas malsucedidos antes de conseguir falar com ele. Sorte eu ter guardado meus caderninhos de telefone e Andrew permanecer com um dos mesmos números. Quando a secretária dele anunciou que eu estava na linha, ele fez questão de me atender. Senti-me até importante.

Eu acreditava que ele era um homem muito ocupado, que passava somente um ou dois meses em Coronado, geralmente durante junho e julho. Achei que não teria problemas. Ele precisava de alguém de confiança para cuidar da sua casa de praia — uma invejável e gigantesca mansão, de quinze quartos e dezesseis banheiros, de frente para o mar, e a poucos metros do Hotel del Coronado, o hotel mais fantástico que já visitei e o principal motivo da minha mudança.

O Del, assim apelidado, foi inaugurado em 1888. É a segunda maior construção de madeira dos Estados Unidos e foi feito quase inteiramente em sequoia. Considerado patrimônio histórico nacional, foi o primeiro hotel a ter luz elétrica no mundo. De acordo com rumores, teve sua instalação de rede elétrica supervisionada por ninguém menos que Thomas Edison, o próprio. Hospedou centenas de estrelas do cinema e políticos, inclusive a maioria dos presidentes americanos, e ainda membros da família real inglesa.

Perdi a conta de quantas vezes sonhei em morar naquele hotel, em qualquer um dos quartos, contanto que eu pudesse passear pelos corredores repetindo falas da minha comédia predileta com Marilyn Monroe. *Quanto mais quente melhor* é provavelmente a comédia preferida de muitos em Coronado. Norma Jeane é o ídolo da cidade, que até hoje se deslumbra com a visita dela, e a aparição do Del no filme que o American Film Institute considerou a melhor comédia de todos os tempos. Dizem que Marilyn Monroe, Jack Lemmon, Tony Curtis e o Hotel del Coronado são os personagens principais do filme. O hotel é tão singular que quase rouba a cena.

Eu tinha uma verdadeira paixão pela encantadora cidade, mas principalmente pelo hotel. Podia perder horas reparando e idolatrando cada detalhe da sua arquitetura vitoriana. Adorava as cores — o vermelho e o branco — e o que elas me faziam sentir. Acreditava compreender perfeitamente o que L. Frank Baum sentiu quando supostamente se inspirou em Coronado para criar a Cidade das Esmeraldas em sua famosa série de livros, *O Mágico de Oz*. Muitos dos seus livros, entre 1904 e 1910, foram escritos na ilha, onde Frank costumava passar as férias com a família.

Contudo, de acordo com Andrew, nem tudo é perfeito, nem todas as pessoas são honestas, como é de esperar em qualquer lugar. Segundo ele, duas de suas governantas haviam roubado a casa e por isso precisava de ajuda com urgência. Não havia ninguém no comando e *talvez* eu pudesse me adaptar.

— Talvez? Com certeza! — afirmei, empolgada.

Trabalhadores entravam para cuidar das plantas, da piscina, da limpeza, e alguém precisava "vigiá-los". Parte da enorme mansão passava por "uma reforma necessária", então havia gente demais na propriedade. Ela precisava permanecer sempre impecável, pois, além de ser um marco da ilha, recebia muitos executivos acostumados ao luxo extremo.

É preciso manter as aparências.

Anos atrás eu havia visto fotos da propriedade e tinha certeza de que já havia sido reformada inúmeras vezes, pois Andrew era um perfeccionista.

— Nós não nos vemos há pelo menos dez anos, Sophia Young, mas sempre fui seu fã. Apesar de você nunca ter aceitado ser minha namorada, sempre tive uma queda por você — disse Andrew, sem rodeios.

Fiquei sem graça.

— Obrigada! Eu agradeço pelo seu carinho.

— Sei que você pode não acreditar na sinceridade das minhas palavras, mas reafirmo que tenho um carinho *enorme* por você. Inclusive, se for até a minha videoteca, encontrará pelo menos dois dos seus filmes: *Boneca de porcelana* e *Dez dias de chuva*. Se quer saber a verdade, acho que os dois são grandes filmes. É uma pena que *Dez dias de chuva* nunca tenha sido reconhecido como deveria. A direção do Brian La Belle é magnífica, e você está absolutamente impecável naquele papel. Também gosto muito de *Garotas do verão*.

Nem eu pensava em *Dez dias de chuva* e *Garotas do verão*. Me senti lisonjeada com a sabedoria dele.

— Obrigada, de novo! Estou muito feliz com essa chance. A maioria das pessoas virou as costas para mim, você sabe.

— Eu costumo ajudar os amigos quando sei que estão passando por necessidades, mas também vou precisar de favores em troca. Você vai ligar para a minha secretária, Angel, e ela vai te dar o contrato, além de todas as informações que você vai precisar para fazer nosso trato funcionar. Eu estarei muito ocupado nos próximos meses, viajando para diferentes países, resolvendo problemas. Mas divirta-se em Coronado, e faça bom proveito do que a cidade tem a oferecer.

— Sem dúvidas! Estou em uma missão de paz.

— Sophia, uma última coisa. Minha casa não é uma casa como qualquer outra. Ela tem uma personalidade muito, muito forte, e só pessoas com personalidades muito, muito fortes se sentem confortáveis morando nela. Não acredito que você terá problemas com isso, mas, caso tenha, te agradeço com antecedência por ter tentado.

— Jamais me esquecerei de tudo que você fez por mim. Prometo retribuir de alguma forma quando puder. Vou cuidar da casa como se fosse minha!

— Mas lembre-se de que não é — disse Andrew em tom sério. — E seja excessivamente responsável com as minhas coisas, pois me importo muito com elas.

— Eu entendo. Pode deixar.

— Os detalhes estarão no contrato.

— Prestarei atenção.

Depois que desliguei o telefone, me coloquei no lugar de Andrew Hardwell e me perguntei como ele podia confiar cegamente em uma atriz falida para cuidar de sua mansão histórica. Ele não tinha referência alguma de mim. Contudo, apesar de nunca termos tido muita proximidade, Andrew foi um dos poucos homens poderosos que permaneceram ao meu lado depois do escândalo na mídia. Ele dizia a todos que eu tinha sido injustiçada. A maioria passou a temer a simples associação ao meu nome, mas ele continuou me tratando como uma estrela de cinema. Ainda bem que ainda restavam alguns gatos pingados que se lembravam do ápice da minha carreira. Estes tornaram-se muito importantes depois que caí em esquecimento. Os poucos fãs que sobreviveram. Artistas não conseguem chegar a lugar nenhum sem seus fãs.

Quando alcancei meu destino, logo notei que a majestosa mansão vermelha e branca era tão impressionante que visitantes paravam para posar para fotos com ela ao fundo. Sem dúvidas, era uma das casas mais maravilhosas que vi em todo o caminho.

Quando entrei, ouvi apenas o som tranquilizante do Oceano Pacífico, nada mais. Há poucas coisas mais luxuosas na vida do que o privilégio de ouvir somente o barulho do mar. Até fechei os olhos.

A decoração era meticulosa, com acabamentos ricos em impressionantes detalhes. Móveis de madeira escura, cores vibrantes, tecidos florais nos sofás e nas cadeiras, muitos ornamentos, cortinas pesadas de veludo, tapetes estampados, lustres e conforto em excesso. Exatamente como eu imaginava a vitória; tudo digno de uma rainha.

Além disso, tinha uma piscina infinita, cabana, jacuzzi, sauna, academia de ginástica, quadra de tênis e de basquete, sala de jogos e sistema de som. A casa de hóspedes, nos fundos do quintal da casa principal, era tão incrível quanto: quatro quartos, três banheiros, piscina aquecida, jacuzzi e cinema estilo *drive-in*.

Três andares em ambas, diversas varandas e múltiplas entradas; dei uma volta por toda a propriedade sem conseguir acreditar que havia sido presenteada com aquela oportunidade. Não era minha casa, mas era o lugar ideal para buscar um recomeço. No mínimo podia brincar de boneca enquanto o aguardado recomeço não chegava. Uma hora qualquer ele me encontraria.

Andrew me deu instruções para escolher um dos quartos disponíveis na casa principal, ou a casa inteira de hóspedes. Eu não sabia como conseguiria tomar uma decisão, pois desejava me espalhar por todos os cômodos.

De fato, todos os quartos tinham personalidade própria e davam uma sensação de histórias do passado. Eu pretendia descobrir o ano em que a casa fora construída e a quem pertencera originalmente, pois era possível sentir que ela existia havia muitos anos. Enquanto olhava cada quarto, sentia algo muito, muito pesado no ar.

Alguns corredores eram tão taciturnos que produziam aquele zumbido agudo que só o silêncio consegue fazer. Quando o escutei, fiquei arrepiada. Esperava não sentir medo à noite.

De volta à sala, observei meu reflexo em um enorme espelho de moldura dourada. Eu estava até bonita, com um lenço vermelho e preto na cabeça, e um vestido longo preto e, de tecido leve. Minha maquiagem estava um pouco borrada da viagem, principalmente os olhos, mas me sentia milagrosamente bem. Levemente nervosa, por estar sozinha em uma casa tão grande, mas feliz com a companhia do mar e da paisagem pitoresca.

Eu tinha que agradecer a Deus de joelhos, poucas pessoas experimentam tanta grandiosidade na vida. Ainda questionava como podia ser possível. Desconfiava de tudo que recebia de graça.

As coisas haviam mudado bruscamente, de uma hora para outra, como se eu estivesse vivendo outra vida. De repente, morava em uma mansão vitoriana na Praia de Coronado e podia levar a sério a brincadeira de imitar Marilyn Monroe. Quem sabe voltasse a pintar o cabelo. Loiras se divertem mais e são as preferidas dos homens.

Tudo o que me faltava era a companhia de um homem. Mais que uma simples companhia, um grande amor. Um grande amor com uma mansão na praia de Coronado. Eu estava pronta para deixar de lado meus medos a fim de encontrar um grande homem.

Fui à adega e tomei a liberdade de pegar uma garrafa de pinot noir. Seria minha recompensa, antes de dormir. Vinhos e queijos, para celebrar meu despejo. *Cheers*! Tudo acontece por algum motivo!

Quando uma porta se fecha, outra se abre, não é? Eu queria que essa permanecesse escancarada, definitivamente.

O que será que eu precisava fazer para conseguir?

Já queria arquitetar o plano perfeito.

É TUDO CULPA DA KATE

Não precisei tomar remédios para dormir naquela noite. Primeiro caminhei descalça na areia da praia, admirando a meia lua, carregando a garrafa de pinot noir em uma sacola marrom de papel. Depois voltei para a casa, caí na cama e apaguei, ouvindo o murmúrio do oceano.

Havia escolhido um dos *master bedrooms*, com vista para o mar, é claro. Um quarto gigantesco e intimidador, com um closet enorme, digno de uma estrela de cinema, e uma magnífica cama de ferro com dossel e cortinas. As noites de janeiro eram frias, e é assim que a realeza costumava se proteger do frio. Eu sempre sonhei em ter uma cama como aquela. Cheguei a consultar os preços, mas algo sempre me impedia de fazer o investimento.

Sentia-me como uma criança sob os cuidados de Mary Poppins. Como se tivesse conseguido entrar no cenário de um dos desenhos que eu fazia durante a infância, quando imaginava que era uma princesa, com detalhes vívidos. Eu sabia desenhar. Porém, como nunca fui incentivada a levar meu dom a sério, simplesmente me esqueci do que eu era capaz de fazer com o lápis. Mas não era tarde demais para reaprender, pensei. O cenário era ideal, e eu queria desenhar meu futuro.

O papel de parede definia o clima do quarto: tons vermelhos e roxos e padrões de coroas e flores. No teto de pé-direito superalto, um lustre de cristal digno de *O fantasma da ópera*. Havia duas grandes estátuas de anjos, folheadas em ouro, nos cantos do quarto. A mesinha de cabeceira, a penteadeira, a poltrona e o sofá eram feitos de madeira escura. O sofá e a poltrona eram forrados por um tecido vermelho florido, e tinham patas douradas e curvas. No chão, dois tapetes persas. Um espelho com moldura dourada, parecido com o da sala, revelava o sorriso enorme que estampava meu rosto pálido. Depois de sorrir, franzi a testa cheia de rugas aparentes. Eu realmente devia pegar sol, pensei. Estava tão branca que parecia um defunto.

Havia diversos porta-retratos espalhados pelo quarto, mas todos inusitadamente sem fotos.

Dormi como se estivesse dopada, mas não havia bebido nem a metade da garrafa de vinho. Era cansaço. Eu não passava tantas horas dentro de um carro havia muito, muito tempo. Minhas pernas doíam como se eu tivesse ficado horas me exercitando. Estiquei-os na cama macia, me espreguicei e comecei a me masturbar para seduzir o sono. Eu sempre dormia rapidamente depois que gozava, assim como fazem os homens.

No dia seguinte, quando despertei com o corpo moído, me deparei com a certeza de que aquilo tudo estava acontecendo. Depois comecei a lembrar do sonho que havia tido. Um tipo de sonho que eu só costumava ter quando tomava remédios fortes para dormir.

Era um sonho recorrente, desagradável, que sempre me fazia acordar esgotada. Estranhei. Apesar de geralmente não me importar com pesadelos, e ocasionalmente até desejá-los, achei que meus sonhos mudariam na Ilha de Coronado. Que me dariam a oportunidade de repousar. Achei que o ambiente relaxaria meu inconsciente dominado por traumas e paranoias, mas não.

No sonho, eu estava dormindo na mansão, no quarto que havia escolhido, na cama com dossel, de camisola branca, assim como na vida real. Sentia falta de ar e tentava levantar, mas não conseguia. Aos poucos fui lembrando dos mínimos detalhes. Era como se eu estivesse sendo sufocada por alguém, e por isso não conseguia levantar da cama. Foi um sonho tão real que me fez questionar se eu estava mesmo sonhando, e depois agradecer e rezar ao descobrir que sim, graças a Deus, era um sonho! Não havia mãos em meu pescoço!

É tão difícil escapar desse tipo de pesadelo que sempre preciso lutar para conseguir acordar. Muitas vezes, durante a transição, acabo acidentalmente trazendo algo para o mundo real. Sempre tentei explicar esse tipo de pesadelo para outras pessoas, mas elas sempre me disseram que eu estava louca, cansada, ou que só podia estar usando drogas pesadas. Isso me deixava enlouquecida, a ponto de me dar muita vontade de realmente usar drogas. Eu era como uma adolescente de Elm Street, assombrada e incompreendida.

Assim que consegui parar de pensar no sonho, desci para preparar o café da manhã. Não havia ordens específicas para aquele dia. Apenas me instalar e aguardar. Eu ainda precisava arrumar a maioria das minhas coisas, mas não estava com pressa. Também precisava devolver o conversível que aluguei, mas esperaria mais alguns dias, pois tinha ganhado um desconto para alugá-lo por uma semana inteira.

Fiquei encantada e entusiasmada com todos os cômodos da casa. Apenas um quarto estava trancado à chave.

Desejava poder morar permanentemente na mansão Hardwell. Desejava com todas as minhas forças que a casa fosse minha. Que eu a tivesse herdado dos meus pais ricos ou de um divórcio lucrativo com um milionário babaca. Quem sabe da morte de um marido detestável. Era tudo o que eu mais queria! E se Andrew morresse e tivesse me incluído no testamento?

A cozinha da mansão era um sonho para qualquer cozinheiro, mas, como nunca possuí dotes culinários — muito pelo contrário, tinha dificuldades até para preparar ovos —, para mim era apenas espaçosa, aconchegante e bem decorada, como o resto da casa. Todas as superfícies eram de mármore branco e o piso, quadriculado. Era o único cômodo que não parecia ser de outro século. Tudo era branco e moderno como um aparelho da Apple. Parecia o ambiente ideal para preparar jantares sofisticados para um grupo grande de pessoas importantes, com paladar requintado. Sinceramente, não era o meu caso.

Eu comia muito mal, desde criança, e ninguém nunca havia conseguido romper as limitações do meu paladar seletivo. Apesar de me importar muito com a minha imagem e com a etiqueta, nunca tive vontade de aprender a comer comidas de que não gosto. Sempre fiquei incomodada com a ideia de que é falta de educação não comer comidas de que não me agradam. Se eu colocar algo que não me agrada na boca, minha reação inevitável é colocar a comida para fora. E isso sim é uma verdadeira vergonha e falta de educação.

Alguém de muito bom gosto provavelmente havia acabado de fazer compras, pois a geladeira estava lotada das mais deliciosas opções, e também havia pães e frutas frescas em uma cesta no balcão. Não sabia se alguém havia entrado na casa antes de eu acordar. Preparei omeletes e esquentei alguns pães, que comeria com geleia de uva ou morango. Para beber, chocolate quente, uma das minhas bebidas preferidas desde criança. Estava fazendo frio, e minha intenção era acender a lareira na frente da piscina e absorver o clima. Aquele era um dia sem obrigações. Enquanto preparava a comida, venerava a vista. Eu parecia acreditar que aquilo duraria para sempre, mesmo tendo aprendido minha lição: nenhuma vista dura muito tempo. Nada bom dura. Aproveitar os momentos é essencial.

Sentada em um sofá com os pés apontados para o céu acinzentado, bebendo meu chocolate quente na frente da lareira abrasante, rendi-me ao meu velho hábito, e comecei a tentar imaginar a vida das pessoas que moravam naquela casa antes de Andrew Hardwell. Não sei por que estava tão preocupada em saber. Apenas tinha essa necessidade incômoda. O que tinham feito para ter seus milhões? Coisas boas, coisas abomináveis? A resposta era preocupante.

O dono atual da casa, que eu chamava de amigo, havia sido acusado de atrocidades. Eu sabia disso havia muitos anos e ignorava o fato, propositalmente. Não era a acusação em si que me assustava. O que me preocupava era o fato de que eu acreditava, sinceramente, que as acusações eram legítimas. No fundo, questionava se estava compactuando com algo ruim, algo maldito, ao trabalhar na casa. Pois eu sabia que a riqueza da família Hardwell vinha do sofrimento de seres humanos, e mesmo assim concordava em me aproveitar de um conforto que era produto do desconforto alheio.

Quando me despia das minhas futilidades, percebia com clareza: eu também era um ser humano abominável! Cego de tanta vaidade, de tanta ganância e de tanta gula! De tanta vontade de viver uma vida de luxo, custe o que custar. Eu aceitava ignorar o verdadeiro caráter de Andrew Hardwell para me aproveitar do que seu dinheiro tinha a me oferecer. Havia inclusive me privado de ler matérias sobre ele nos últimos anos. Havia mantido nossa amizade com uma venda nos olhos. Sem pensar na minha mãe, ou em tantos pacientes psiquiátricos que conhecia. Eu era mesmo uma hipócrita.

Eu estava mesmo por fora dos acontecimentos recentes. Desconectada das notícias do mundo real e alheia à importância de estar na internet. Pessoas que cresceram sem a internet sentem-se invadidas por ela. Eu não conseguia lidar com o fato de que não podia escolher as fotos que aparecem relacionadas ao meu nome. A internet é um lugar invasivo, depravado, maldito. Dentro dela, sou um monstro.

Por volta das três e meia da tarde, ouvi gargalhadas vindas de fora da casa. Primeiro achei que eram crianças brincando na rua, depois olhei pela janela e percebi que eram meninos adolescentes, tirando fotos da casa. Abri a porta da frente da sala com a intenção de conversar com eles, e quem sabe obter algumas informações. Para a minha surpresa, porém, assim que me viram abrir a porta, se espantaram e saíram correndo em alta velocidade, em direção ao hotel, sem olhar para trás.

Por via das dúvidas, entrei e me observei no espelho da sala. Era a mesma Sophia de sempre, vestindo trajes dramáticos. Talvez eu os tivesse assustado com minha aparência de viúva. Quem sabe Andrew não gostasse de curiosos perambulando na frente da casa, e talvez os garotos soubessem disso. Talvez seu caso fosse um dos *freak shows* de cidade. Eu não sabia de nada. Estava literalmente fantasiando. Em vez de ser atriz, eu devia ter seguido a carreira de escritora, pois certamente tinha o dom de inventar histórias fantásticas, cheias de detalhes.

Fiquei levemente chateada com a reação dos garotos. Senti uma vontade impulsiva de xingá-los de qualquer coisa perversa, mas me segurei, ainda bem! Eu não tinha motivo, razão ou idade; era minha própria insegurança e meus traumas querendo chamar atenção.

Crianças me tiram do sério. Sempre acreditei que sou um ser humano egoísta demais para ser mãe. É algo, porém, que não consigo admitir em voz alta, pois poucas pessoas entendem. É preciso dedicar-se em tempo integral a uma criança, e eu já uso todo o meu tempo lidando com meus próprios problemas, que são numerosos. A única vez em que considerei ter um filho foi durante minha lua de mel com Anthony. Lembro que realmente desejei ser mãe quando estava nua nos braços dele. A ideia rapidamente perdeu asas, quando ele discordou passionalmente, dizendo que não queria interromper a intensidade do nosso romance. Para o meu ex-marido, a ideia de ter um filho comigo não era atraente. Talvez eu não tivesse as qualidades que uma mãe precisa ter. Realizar meu sonho, definitivamente, seria como intencionalmente colocar uma pedra no meio do caminho. Pensar em crianças o tirava do sério.

Pouco tempo depois da nossa separação, porém, Anthony engravidou uma de suas namoradas. A criança teve a oportunidade de nascer. A menina, Angelina, nasceu loira, de olhos azuis, com pele de pêssego e bochechas gordas e rosadas. Ter um filho com essa nova mulher era do interesse dele. Ela era linda, jovem e cobiçada, e ele precisava mantê-la em casa. Eu sentia que era mais um golpe baixo direcionado a mim. Sentia dor todas as vezes que eu via fotos de Angelina Faustini, e chorava.

Envelheci traumatizada. Nunca, em toda a minha vida, tivera um filho com um homem que amava. Isso me abalou profundamente. Quando eu pensava em crianças, acabava pensando também nos homens que odeio e nos dois abortos que fiz. Mesmo tendo certeza da minha decisão, ambas as vezes, acordei no dia seguinte como se tivesse voltado de um enterro. Sentindo tristeza, incerteza, raiva, e principalmente um vazio. Um vazio monstruoso, acompanhado por questionamentos religiosos. Eu não sabia se era uma assassina, e não ter certeza doía além da conta.

Respirei fundo e me situei. Essa era minha chance de me livrar de pensamentos destrutivos como aquele, que vinham à tona com a intenção de abalar minha autoestima e minha confiança em um futuro melhor. Eu precisava me livrar de todo o meu pessimismo e afugentar minhas lembranças traumáticas. Em Coronado eu sabia que poderia espantá-las. Quem sabe eu ainda pudesse ser mãe, caso encontrasse um bom homem em San Diego, e me dedicasse da mesma forma que me dedico a coisas muito menos importantes do que a vida preciosa de uma criança.

Quis saber o horário do pôr do sol. Fui dar uma volta na praia e me senti renovada ao caminhar na Orange Drive de sandália. Abri os braços como um pássaro prestes a voar. Apesar da ventania, o clima estava perfeito. Sentia-me livre e com vontade de chorar, de tanta felicidade que havia dentro de mim. Me imaginei abrindo minhas asas negras e levantei voo das cinzas.

Quase *tudo* valia a pena para morar naquela praia e ter a oportunidade de construir uma nova vida.

Há poucos lugares tão restauradores quanto Coronado. Meus problemas, apesar de pertinentes, parecem evaporar por alguns minutos quando caminho à beira do vasto mar, com a crença genuína de que a ilha é encantada — localizada em outro plano, onde feridas podem se curar. De repente, distante dos pensamentos que haviam escurecido minha manhã, senti como se nunca tivesse sido tocada pelo mal. Como se o mal sequer existisse. Via famílias tão felizes e corretas que pareciam atores de um comercial, interpretando a família americana perfeita.

Eu queria viver uma comédia romântica com final feliz. Tudo que precisava fazer era abandonar meu antigo papel dramático e dar vida ao meu novo personagem. Havia feito uma péssima escolha de roteiro no passado, mas estava pronta para seguir em frente. Eu não podia remoer; é o que inevitavelmente acontece com uma atriz sem agenciamento e assessoria. Dessa vez eu tomaria uma decisão muito mais inteligente. Escolheria um filme com um *budget* milionário e, é claro, um *happy ending.*

Comecei a caminhar mais rápido. O Hotel del Coronado estava me chamando desde o momento em que cheguei a San Diego. Ele era, sinceramente, a razão de toda a mudança. Até em meus sonhos ele já havia me chamado. Fiquei extasiada ao vê-lo de perto novamente. Caminhei pela praia e passei pelos restaurantes do lado de fora observando as famílias. Enquanto elas se deleitavam com seus pratos de frutos do mar e brindavam com taças de vinho e champanhe, aviões militares sobrevoavam o céu, fazendo alarde. Uma pista de patinação no gelo havia sido montada na frente do hotel, quase na areia da praia, de frente para o mar.

Subi para o lobby pelas escadas, parando diante do enorme lustre histórico que decorava o ambiente sombrio, todo em madeira escura. Me apaixonei novamente por cada detalhe do lustre, como se eu estivesse reencontrando uma antiga paixão mal resolvida. Era estranho, mas o lustre me excitava.

Percebi que a árvore de Natal ainda estava montada. Passados alguns minutos admirando os enfeites, dei mais alguns passos e parei na frente do famoso elevador de gaiola que Marilyn Monroe usou por meses enquanto estava hospedada no Hotel del Coronado. Deixei um sorriso escapar — um sorriso que só eu compreendia.

Eu tinha uma obsessão quase infantil por ir aos locais que Marilyn visitou. Sentia-me validada ao pisar no mesmo chão em que ela pisou — o que era patético. Diziam que aquele hotel, porém, também era visitado por ela depois da morte. É fascinante como Marilyn Monroe consegue estar em tantos lugares simultaneamente depois que morreu. Muitos prédios americanos dizem ser assombrados por ela, mas a procuro, a procuro, e nunca a encontro. Gostaria de perguntar como ela realmente morreu. Armaram, ou não, para Marilyn Monroe? Teriam sido os Kennedys.

Quando a porta do elevador se abriu, notei que um homem operava a máquina, como nos velhos tempos. Ele vestia um terno na cor mostarda. O casal que estava saindo com o celular na mão tentou tirar uma foto do funcionário. Assustado, o homem imediatamente cobriu o rosto com seu chapéu e disse:

— Não! Eu não te dei permissão!

Quando entrei na loja de suvenires sofisticados, peguei-me pensando em outro fantasma conhecido. Era impossível estar no Del Coronado e não pensar nele. Seu nome estava por todos os cantos do hotel, acompanhado por reproduções de supostas fotos suas, feitas por uma atriz. A lenda da sua presença estava na boca do povo. As pessoas viajavam de longe à procura desse fantasma, como se procurassem por um tesouro valioso.

Kate Morgan, a morta mais famosa da ilha, também conhecida pelo pseudônimo de Lottie Anderson Bernard, nome que usou para se hospedar no Del Coronado, supostamente assombrava a lojinha desde seu escandaloso falecimento em 1892, poucos anos depois da grandiosa inauguração. Dizem que a loja é o local mais assombrado depois do quarto em que Kate se hospedou por cinco dias. O boato corre solto. Se eu passasse algum tempo no lobby, ouvindo as conversas de hóspedes fazendo check-in, com certeza ouviria especulações sobre o fantasma de Kate. Alguns comentariam sobre ter medo de fantasmas, outros contariam histórias sobrenaturais pelas quais acreditam ter passado, e outros ainda diriam orgulhosamente que estão lá para vivenciar algo.

Nas fotos, a ilustre hóspede Kate Morgan usava um grande chapéu preto e um vestido preto e longo, de renda — um modelito que eu usaria. Na verdade, alguém que tenha bebido, ou que queira vê-la de qualquer forma, poderia me confundir com Kate Morgan. A imagem que perpetuava era de uma mulher atraente e misteriosa, porém triste e distante. Eu poderia, além de ser confundida com ela, facilmente interpretá-la. Estava mais que disponível para testes de elenco.

Um livro sobre sua morte se destacava na vitrine, para que nenhum hóspede se esquecesse dela. O hotel sempre fez questão de divulgar e comercializar a morte de Kate como se a tragédia fosse uma atração turística. Eu, inclusive, já conhecia sua história havia muitos anos. A loja possuía três livros diferentes com teorias sobre a *beautiful stranger*, como ficou conhecida nos jornais da época — o fantasma do Coronado que passava seu tempo penoso assustando turistas com jogos de acender e apagar as luzes, e mover objetos inesperadamente. Havia muitos relatos de atividades paranormais; os hóspedes adoravam contar histórias. Diziam que, quando seu fantasma passava por um ambiente, o ar ficava gelado e era possível sentir o cheiro do perfume doce que ela usara no dia em que partiu para o outro lado.

De acordo com uma das versões da história, aquela em que eu prefiro acreditar, Kate Farmer e seu marido Tom Morgan eram golpistas que ganhavam a vida contando mentiras e roubando em trens. Depois de descobrir que estava grávida, Kate implorou a Tom que diminuísse o ritmo. Ela queria que eles se estabelecessem em algum lugar para ter o bebê. Mas Tom, não concordando em abandonar a vida bandida nos trens, teve uma briga calorosa com Kate no meio da estrada. Ele desceu na estação de Los Angeles ou Orange County, não se sabe ao certo, enquanto ela seguiu no trem para San Diego. Os dois haviam combinado de se encontrar no Hotel del Coronado para o Dia de Ações de Graças que estava se aproximando.

Kate se hospedou no quarto 302 do Hotel del Coronado em novembro de 1892. Registros de funcionários da época relatam que ela estava pálida e que reclamava que se sentia mal, com fortes dores. Alguns acreditam que ela tenha feito um aborto enquanto estava no hotel. Assim que chegou, Kate pediu vinho e uísque.

Depois de esperar e esperar inutilmente por seu marido safado, perdeu a paciência e foi ao centro de San Diego para comprar uma arma. A história diz que foi com essa arma que ela deu fim à própria vida. O corpo de Kate foi encontrado pelo eletricista do hotel, nos degraus da escada que leva à praia, com um tiro na cabeça. Acredita-se que ela já estivesse lá por seis ou sete horas antes de ser descoberta pelo pobre homem.

A morte foi declarada suicídio. Apesar de essa ser a história oficial, muitos acreditam que Kate não tenha ficado esperando em vão. Acreditam que Tom tenha chegado, e em vez de fazer as pazes com a mulher, assassinou-a com um tiro na cabeça. A bala que foi encontrada vinha de uma arma diferente da que ela havia comprado, e ninguém nunca veio à procura do corpo. Kate Morgan tornou-se um fantasma que sobrevive às agruras do tempo, e permanece vivo por gerações e gerações.

A crença da maioria é de que seu espírito atormentado ainda esteja preso no hotel. Triste, frustrado e impaciente, à espera de um homem que nunca vai chegar. Mulheres cheias de mágoas com sentimentos parecidos demais com os de Kate sentem o efeito da história mais do que os homens. Eu, por exemplo, entendia perfeitamente todos aqueles sentimentos e conseguia me identificar com aquela história.

De certa forma, Kate Morgan era um reflexo de mim. Quando eu pensava nela, conseguia sentir *toda* a sua angústia. Eu via a imagem de cada homem maldito que havia me magoado. Cada homem covarde que tinha me deixado esperando inutilmente, e até mesmo os amantes da minha mãe.

Depois de anos e anos de reforma, o amaldiçoado quarto 302 mudou de número e virou 3327. Para ficar hospedado nele, é necessário fazer reserva com meses de antecedência, às vezes até anos. Muitos escolhem visitar o hotel somente para dormir no quarto de Kate. Os que se planejam e se aventuram relatam sentir algo exageradamente opressivo e assustador.

Muitas pessoas têm uma obsessão por sentir que estão vivenciando algo sobrenatural, seja a experiência legítima, seja apenas imaginação. É como se tivessem a necessidade de sentir medo para saber que estão vivos, a ponto de se colocarem em situações que, teoricamente, podem acabar causando a própria morte.

Qualquer barulho, cheiro incomum ou vento gelado é uma desculpa para comprovar a experiência que tiveram. Essas pessoas têm a *necessidade* de acreditar que viveram algo sobrenatural. Com uma noite em um quarto supostamente mal-assombrado, esperam conseguir responder a perguntas sobre a vida e a morte.

Eu não duvidava do fantasma de Kate Morgan, de forma alguma. Apenas acreditava que ela não aparecia para qualquer pessoa que entrava na suíte.

Peguei um dos livros sobre ela e comecei a folhear. A imagem que era apresentada aos leitores sugeria uma viúva perambulando pelo hotel, pensando em como colocar um ponto final em sua dor.

— Seja bem-vinda! — disse a vendedora, que devia trabalhar na loja há pelo menos vinte anos. — Estamos com desconto em alguns produtos da Marilyn Monroe e também estamos oferecendo um livro sobre o hotel para os clientes que comprarem um dos produtos de *O Mágico de Oz*, que estão expostos na vitrine. Se tiver alguma pergunta, pode me chamar, por favor. Sou a Linda.

Assim que comecei a admirar os diversos quadros, joias, bandejas, livros, canecas, travesseiros, bonecos de porcelana, pôsteres, cinzeiros, luminárias, taças, garrafas de vinho, caixinhas de música e xícaras de café, ouvi uma comoção vindo da outra loja de suvenir localizada no lobby do hotel. Essa lojinha era mais convencional; vendia camisetas, casacos, toalhas, bonés e alguns assessórios com o nome da cidade e do Hotel del Coronado. Curiosa, fui ver o que estava acontecendo. Senti que Linda queria me seguir, pois espiava de maneira inquieta.

Era uma situação delicada. Notei logo uma família discutindo. Agi como se não estivesse prestando atenção e comecei a olhar os casacos e as blusas, para conseguir ouvir a conversa bem de perto. Um garotinho ruivo, que aparentava ter por volta de dez anos, estava levando uma bronca da mãe, uma mulher idosa e austera. Ao lado dos dois, outras duas crianças mais novas aguardavam, em silêncio, com expressões suspeitas de quem haviam aprontado. Um vendedor da loja e um segurança também acompanhavam a discussão fervorosa.

O garoto havia saído da lojinha de suvenires com algumas joias no bolso da jaqueta e a mãe dele estava furiosa, fazendo uma cena espalhafatosa, que atraía a atenção de todos os passantes. Até o segurança parecia estar constrangido e pedia, gentilmente, que a moça se acalmasse pois já estava tudo resolvido.

— Eu estou calma! Só que preciso disciplinar esse moleque! — gritava ela, e em seguida deu um tapa estalado no rosto do filho. Depois outro e outro. Ele abriu um berreiro. A cena foi chocante.

— Eu já disse que foi o fantasma! — gritou ele, arriscando levar uma surra da mãe. A mulher estava visivelmente descontrolada, com as mãos na cintura, batendo com um dos pés no carpete. Também parecia estar bêbada. — Eu juro que não fui eu! — repetia ele, chorando muito. — Eu juro, mãe. Eu juro por Deus!

— Senhora, por favor! — interrompeu o segurança.

— Com licença! Pode deixar que eu sei como lidar com ele! Eu não vou tolerar filho ladrão e mentiroso!

— Eu não sou ladrão nem mentiroso! — gritou ele, revoltado. Estava ficando mais e mais nervoso, e parecia querer retribuir os tapas da mulher. Diversos hóspedes olhavam preocupados. O garoto levantou a mão, com os olhos possuídos por ódio, como se fosse atacar a mãe. Se conteve, porém, e então chorou mais alto.

Linda havia se aproximado da comoção. Não era uma conversa comum, e os hóspedes se esforçavam para ouvir a briga. Um senhor asiático, que trabalhava operando o elevador, ao passar olhou sério para eles.

— Só pode ser culpa da Kate! — interrompeu a vendedora, tentando amenizar a situação do menino. Ele estava com as bochechas tão vermelhas que parecia que ia explodir a qualquer momento. — Senhora, talvez você deva ler sobre o fantasma de Kate Morgan. Coisas estranhas acontecem aqui na loja, e no lobby, por culpa da assombração da Kate. Ontem mesmo alguns objetos voaram misteriosamente da prateleria, sem sequer estar ventando. Há comentários de que o fantasma da Kate está com ciúmes do fantasma da Marilyn Monroe — disse Linda. Ela parecia acreditar no absurdo que estava dizendo, ou então era uma ótima atriz. O garoto, ainda ofegante, continuava às lágrimas.

A mãe escutou, mas não disse uma palavra. Virou os olhos, como se não aguentasse mais ouvir histórias sobre fantasmas. Linda se retirou rapidamente, como uma atriz de teatro que só tem uma fala, e voltou para o seu posto na outra loja. A mulher seguiu para o quarto pelas escadas, segurando a mão do filho com brutalidade. As outras crianças a acompanharam, hesitantes, como se estivessem com medo do que as aguardava.

Era sempre culpa da Kate, percebi. Kate mudava de nome de acordo com a cidade, com o prédio, com a história, mas, no final, era sempre culpa da Kate. Quando algo estranho acontecia, culpavam o fantasma. Assim ninguém precisava arcar com as responsabilidades.

Fantasmas aparecem de formas diferentes para diferentes pessoas. Acredito que nem todos os fantasmas estejam mortos. Muitos ainda estão vivos, e são simplesmente negócios inacabados. Outros são criados para isentar os seres humanos da culpa, ou impedir que tenham que enfrentar a realidade.

Toda aquela cena na loja me deixou apreensiva, e com medo dos meus próprios fantasmas. Havia planejado ficar muito mais tempo no hotel, talvez tomar um drinque no bar da piscina, mas senti tanta ansiedade que não consegui me manter quieta. Meu estômago começou a doer e a fazer barulho. Voltei para casa pela praia, como sempre, com os braços arrepiados pelo vento e um inexplicável temor. Sentia que precisava caminhar velozmente e, checava o tempo todo se alguém estava me seguindo. Não havia ninguém, é claro, mas essa era a esquisita impressão. Eu sentia um peso em meus ombros, e só sabia que precisava chegar na casa o mais rápido possível e me deitar imediatamente.

Assim que cheguei, me dei conta do quanto eu estava esfalfada.

Dormi a tarde inteira, sem interrupções, e depois a noite inteira, até a manhã seguinte, sem remédios. A fadiga era tão grande que eu parecia ter entrado em coma. Sofri uma breve morte para me recuperar de uma longa vida.

O QUARTO VERMELHO

A campainha tocou por volta das sete e meia da manhã. Era Angel, a secretária de Andrew. Levei um susto com o barulho abrupto, e despertei desnorteada de outro pesadelo. O toque agudo da campainha interferiu em meu sono profundo, criando a ilusão de que era a sirene de uma ambulância. Acordei agitada, suando frio, perguntando em voz alta se Jolene havia conseguido chegar ao hospital com vida. Me senti desorientada. Fiquei muito triste ao me lembrar dela. O que vivemos no Hillside parecia ter ocorrido em outra vida. Já era incrivelmente distante.

Consegui levantar, apressada, e não encontrei ânimo para dar início ao dia. Não pude deixar de pensar no Hillside e na vida que eu tinha em Hollywood, livre de qualquer rotina ou obrigação. Não conseguia acreditar na minha ingratidão. Estava desapontada com a reação com a qual meu corpo respondia na casa, e eu não conseguia esconder que estava preocupada. Talvez fosse o choque da mudança brusca. Talvez eu estivesse sofrendo de abstinência por ter deixado Hollywood para trás. Era possível. Ou talvez eu estivesse realmente envelhecendo. O fato indiscutível é que o conforto da mansão não estava proporcionando nenhum tipo de alívio para minha mente em devaneios. Muito pelo contrário, eu me sentia à beira de uma depressão profunda e perigosa.

Andrew estava certo quando disse que a mansão tinha uma personalidade muito, muito forte. Talvez nossas personalidades não fossem compatíveis. Eu precisava mudar aquilo; quem sabe com uma terapia de casal. Eu e aquela casa *havíamos* de dar certo!

Pela primeira vez, queria um remédio que bloqueasse meus sonhos. Não me sentia mais entretida por pesadelos, só queria encontrar a paz. Dormir em uma imensidão de nuvens macias, saltitar em um interminável jardim de margaridas. Pensava até em ligar para Andrew, para pedir alguma recomendação.

Tive que me vestir com pressa e não pude me maquiar. Desci a escada correndo, usando meus óculos escuros Chanel e um lenço na cabeça. Meu cabelo estava uma bagunça, muito embaraçado. Angel não avisou que vinha e eu não tive a oportunidade de me preparar formalmente. Ela queria me testar, era evidente. Não era uma mulher simpática ou calorosa, e estava ali somente para, com firmeza, me dizer o que fazer. Era sua tarefa, afinal, e ela a realizava com maestria. Não sei se Andrew lhe pedia que fosse durona, só sei que Angel definitivamente não me via como uma convidada. Muito pelo contrário, era como se eu fosse uma intrusa. Eu havia passado os últimos dias fantasiando sobre a vida de princesa que eu teria na mansão, e ela havia chegado como um trovão para me colocar no meu devido lugar. Eu era funcionária da casa, e mais nada. Aquele era um trabalho tão sério quanto qualquer outro. Eu devia dar o meu máximo.

— Eu venho aqui uma vez por semana durante a manhã. Geralmente não aviso. Tenho minha própria chave e meu próprio quarto ao lado da biblioteca. Hoje toquei a campainha para ser gentil. As governantas devem estar sempre de pé às seis. Por isso aconselho que durma sempre bem cedo. O jornal é entregue às seis e meia. Andrew gosta de ter um jornal na sala, outro na cozinha, e um na piscina. Às quartas e aos sábados, Javier chega às oito para cuidar da piscina. Às terças e sextas, Nina e Christina vêm limpar. A partir de amanhã, os trabalhadores vão voltar a chegar às nove para continuar as obras na casa de hóspedes. Não abra a porta para estranhos, apenas para os que já foram autorizados, é claro. E não fale com curiosos que rondam a casa. Muitos deles aparecerão. Eu estou deixando a lista de pessoas autorizadas nesta gavetinha. Se alguém fizer perguntas, não aja como se fosse uma guia turística. Você está aqui para representar os interesses do sr. Hardwell e deve seguir minhas ordens com precisão. Caso algo mude, como o horário de algum empregado, por exemplo, ligarei para você e avisarei. Não atenda o telefone da sala, somente o da cozinha. E, por favor, não trabalhe de óculos escuros. De preferência, use a roupa que vou deixar para você. Se não servir, poderei enviar uma costureira para fazer as alterações necessárias. É só me avisar.

O certo seria responder que eu havia compreendido todas as ordens, pois era verdade, mas me senti rebaixada, como se estivesse começando na vida. Eu não estava acostumada a receber ordens de uma garota mais jovem que eu. Queria perguntar se ela sabia quem eu era, e se nunca havia assistido a *Boneca de porcelana*. Me segurei, então, e disse que havia compreendido. Afinal, talvez fosse uma lição que eu devesse aprender. Algo que eu precisava consertar para melhorar o meu carma ruim.

Angel parecia ter uns vinte e poucos anos, mas se vestia como se tivesse trinta e poucos e falava articuladamente. Ela usava um terninho preto, e seu cabelo castanho com mechas cor de mel estava preso em um rabo de cavalo impecável. Angel tinha um nariz grande, um pouco esquisito, mas mesmo assim era charmosa. Nós não nos demos bem logo de cara. Eu soube em menos de meio minuto de conversa que nossos santos não iriam bater. Bastou encontrá-la na cozinha e notar seu olhar penetrante me analisando dos pés à cabeça enquanto fazia anotações. As anotações me deixaram incomodada, admito. Eu estava morrendo de curiosidade para saber o que ela estava escrevendo no caderninho, com sua caneta banhada a ouro.

— O sr. Hardwell disse que permitiu que você escolhesse um dos quartos da casa principal. Pode me dizer qual foi o quarto?

— O que fica no terceiro andar, de frente para o mar, com a cama com dossel. Eu gostei muito dele.

Ela lamentou, como se reprovasse minha decisão.

— É o Quarto Vermelho. Por favor tome *muito* cuidado com as coisas da sra. Rose. Temos um registro detalhado de tudo que está na casa, principalmente nos quartos da casa principal. Como você sabe, tivemos problemas com outras governantas, e agora confiamos em você. — Angel olhou em meus olhos, com um olhar torvo que chegou a queimar.

— Quem é a sra. Rose? — perguntei surpresa, depois de descobrir que o quarto tinha um nome próprio, e que pertencia a uma mulher. Angel estava de costas, e pausou por um longo segundo antes de prosseguir com seu discurso.

— Sra. Rose foi namorada do sr. Hardwell. A banheira está com um problema, então peça aos empregados que deem uma olhada amanhã. E, por favor, tome cuidado com líquidos e comidas que possam manchar os tecidos. Particularmente, acho que você deveria ficar na casa de hóspedes, mas isso não é da minha conta. — Ela começou a caminhar pela cozinha, arrastando o salto e passando o dedo nas superfícies de mármore à procura de poeira. — Não esqueça de trancar todas as portas da casa durante o dia. São muitas, então fique atenta para não se esquecer de nenhuma. Vou deixar um contrato detalhando tudo que acabamos de conversar e mais algumas coisas, e vou pedir que você assine. Eu volto para pegar outra hora, pois estou com muita pressa para voltar a San Diego, estou cheia de afazeres importantes.

Angel começou a caminhar para a saída, sem me dar a oportunidade de fazer perguntas.

— Se você ainda não decorou o nome de cada cômodo da casa, leia o mapa que está naquela mesma gaveta. Boa sorte, sra. Young. Essa é uma chance única! Se precisar de algo importante, me ligue. Quando eu precisar, também ligarei para você. Seu salário será pago no segundo dia de cada mês, enquanto continuar trabalhando aqui. Porém, como o sr. Hardwell é muito caridoso, me pediu para adiantar seu primeiro salário. Uma forma de agradecimento por você vir tão rápido pra cá. — Ela me entregou um envelope com um cheque. — Também vou precisar que você preencha os dados da sua conta bancária. Se seu trabalho na casa não for satisfatório, eu te dispensarei. Você deve falar diretamente comigo. A partir de agora, sou a sua patroa. Mais uma vez, boa sorte!

Angel deu a deixa e foi embora. Olhei no relógio da cozinha e percebi que sua cena havia durado precisamente vinte minutos. Pelo menos havia terminado bem: com a descoberta de que eu seria paga. Três mil e oitocentos dólares, li no contrato de diversas páginas. Mais do que razoável, já que eu não havia esperado receber nada. Sequer havia passado pela minha cabeça que Andrew não esperava uma simples troca de favores. Depois de juntar algum dinheiro, eu finalmente teria escolhas!

Apesar de positivamente surpresa, senti-me também incomodada. Uma intrusa, de fato, no Quarto Vermelho, com as coisas da enigmática sra. Rose. Fiquei abismada ao descobrir que o quarto que escolhi pertencia a uma ex-namorada de Andrew.

O que havia acontecido com ela? E se os dois simplesmente terminaram, por que suas coisas continuavam em um dos quartos principais da casa? Ela ainda se hospedava na mansão? Angel não concordava com a minha escolha de quarto, mas eu não podia imaginar que pertencia a outra mulher.

Talvez eu devesse tomar vergonha, recolher meus objetos e me mudar para a casa de hóspedes, onde qualquer governanta com juízo moraria. Afinal, uma casa inteira só para mim era um privilégio único. Eu estaria agindo como uma garota mimada, ou como uma senhora louca, alucinando que é uma diva de Hollywood. Eu precisava daquele dinheiro, mais do que necessitava satisfazer meu ego.

Mais tarde, assinei o contrato com uma das canetas douradas que encontrei na mesa da sala. Respirei fundo, pois não havia mais volta. Eu havia oficialmente me tornado a governanta da mansão Hardwell. O título era pouco merecido diante da minha ignorância. Eu não sabia de quase nada sobre a mansão, mas aceitei o pagamento com um sorriso comemorativo no rosto.

A temperatura estava baixando e começava a chover. Desci para a biblioteca e me pus a procurar por respostas, ou pelo menos por pistas. Bisbilhotei cautelosa e disfarçadamente, caso estivesse sendo vigiada por câmeras. A biblioteca era imensa. Lotada de livros clássicos de todos os gêneros, de autores de diversas nacionalidades, organizados por ordem alfabética. Andrew era um homem culto; amante de literatura, teatro e cinema. Peguei uma cópia de *E o vento levou* e a aproximei do peito. Era uma das minhas histórias preferidas!

Continuei procurando por pistas, mas não encontrei nada revelador. Não havia um único computador na casa. Estranhei. Se a mansão hospedava tantos executivos, deveria haver pelo menos um computador. Não encontrei nada, fiquei desapontada. Era mais fácil perguntar para Angel, ou ir a algum lugar que tivesse computadores. Em breve eu compraria um para mim. Em breve compraria muitas coisas que desejava com meu novo salário. Eu estava muito ansiosa para comprar.

Voltei para o misterioso Quarto Vermelho. Assim que fechei a porta, senti uma dor forte na parte superior do estômago. Deitei na cama e comecei a gemer alto. Parecia que eu havia comido algo estragado, mas não era possível. Depois de alguns minutos deitada, olhando fixamente para o teto branco como se fosse uma tela de cinema, e me concentrando em expulsar a dor, comecei a me sentir um pouco melhor. Pensei em pedir ajuda. Depois voltei a ficar sonolenta, com as pálpebras pesadas e o corpo amolecido.

Já estava anoitecendo. Naquela época do ano, o céu fica escuro por volta das cinco e meia da tarde. A temperatura também começava a cair por volta desse horário. Eu já deveria ter ligado o aquecedor, mas estava tão indisposta que mal conseguia me levantar da cama.

Ouvi pessoas falando alto do lado de fora da casa, e mais uma vez o barulho de crianças brincando alegremente. Me esforcei para levantar — a curiosidade era maior — e olhei pela janela. Uma família se divertia na chuva, tirando fotos na calçada da praia. Lembrei que não devia dar papo para turistas e curiosos, agora que havia concordado em representar os interesses de Andrew Hardwell. Voltei a me deitar, ainda pensando em me mudar do Quarto Vermelho, mas cansada demais para tomar alguma atitude.

Ainda era cedo, mas eu sentia que precisava dormir por horas infinitas. Precisava me acostumar a deitar cedo e acordar às cinco e meia da manhã. Fechei os olhos pesados, mas demorei a me desligar.

Estava quase dormindo quando fui interrompida por mais crianças barulhentas. Levantei da cama novamente e olhei pela janela, preparada para pedir silêncio, com educação ou, então, com indelicadeza.

Tomei um susto! Não havia criança alguma brincando ou fazendo barulho, e a rua estava silenciosa, a não ser pelo barulho das ondas do mar. Esfreguei os olhos com firmeza. Eu tremia de frio, então me certifiquei de que havia fechado bem a janela e voltei para a cama.

Olhei no relógio da mesinha de cabeceira e percebi que muitas horas já haviam se passado desde que eu me deitara. Eram três e quinze da manhã, e eu havia dormido pesado. Provavelmente estava no meio de um pesadelo naquele exato momento.

Detesto quando meus sonhos se embolam com a realidade! Eu estava tendo mais uma noite conturbada, e certamente acordaria esgotada de novo.

Tomei um susto *imenso* quando ouvi um estrondo vindo das escadas. A impressão que tive é de que alguém havia levado um tombo fatal! Que alguém havia escorregado e morrido na escada! Fiquei em silêncio para ver se ouvia mais alguma coisa.

Parecia que ia vomitar meu coração. O medo que senti naquele momento era tão grande que ouvir o som da minha própria respiração me fazia tremer como se eu estivesse tendo uma convulsão. Lembrei-me de quando acordei no meio da noite em Hollywood, desesperada com o som de tiros repetidos de um assassinato.

Naquela noite, porém, eu era a única pessoa dormindo na enorme e silenciosa mansão. Estava completamente sozinha, era responsável por absolutamente tudo, e sabia que ninguém podia ter caído da escada. O que ouvi era produto da minha imaginação fértil, só isso. Não ajudaria em nada levantar para checar. Permaneci na cama, com medo demais para ir até a escada.

Tudo que eu queria era que a noite se transformasse em dia, o mais rápido possível. Não há nada como acordar com a tranquilidade da luz de um novo dia. Durante a madrugada, atraio pensamentos espantosos, sombras e sons repentinos me apavoram, e cada segundo se arrasta como se tivesse uma hora inteira de duração. Quando estou completamente sozinha e de repente me assusto, sempre sinto que estou acompanhada. Na presença de algo que não consigo ver, mas consigo sentir. Algo que me observa das sombras, enquanto calcula o momento certo de se aproximar e me tocar.

Em meio a todas as minhas reações, de repente tive uma epifania. *A mansão só podia ser mal-assombrada*! Com a idade que tinha, era quase impossível que não fosse.

Somente isso explicaria a confiança questionável de Andrew Hardwell em uma atriz malvista, e todo o mistério de sua secretária Angel, que evitava responder perguntas.

Somente isso explicaria toda aquela energia desgastante, que tentava me vencer pelo cansaço, transformando-me aos poucos em um zumbi.

Era isso! A casa *realmente* tinha uma personalidade forte, e queria, aparentemente, se comunicar comigo!

Ou eu havia decifrado o mistério ou me desconectado da realidade, impressionada por histórias contadas por marqueteiros e crianças.

— Rose? — arrisquei perguntar, e logo me arrependi profundamente. Como eu pude ter a audácia de me mudar para o seu quarto, dormir em sua cama e me meter em seus negócios inacabados? O que eu pretendia com aquilo? Estava brincando com fogo.

Nunca devia ter feito aquela pergunta, durante a madrugada, enquanto eu chacoalhava na cama como uma criança. Eu não estava preparada para a resposta.

Um vento gelado penetrou o conforto do quarto, através de alguma brecha na janela. Estranhei, pois sabia que a havia fechado bem. Senti um calafrio na espinha, e meus ombros ficaram novamente pesados. Até meus mamilos ficaram arrepiados.

A porta do closet começou a se abrir. Vagarosamente, emitindo o ruído horripilante que pisos antigos costumam fazer em filmes de terror. Eu não sabia como reagir.

Fiquei paralisada, assistindo ao vento embalar a porta para trás e para a frente, para trás e para a frente. De repente, a luz do closet se acendeu, e em seguida se apagou novamente. Era o anúncio de que uma coisa invisível estava no comando da situação. Gritei com todas as minhas forças.

Finalmente, depois de quarenta longos anos de vida, fui presenteada com a prova que sempre procurei.

Fantasmas existem!

E aqueles que riram de mim, ou me chamaram de louca por causa da minha crença, um dia ainda iriam se arrepender. Pois fantasmas existem, eles existem!

A luz se acendeu novamente.

Lágrimas confusas caíram dos meus olhos verde-claros. Eu tremia de medo, mas me sentia emocionada e grata, pois a verdade sobre a vida e a morte havia sido relevada para mim. Eu devia ser uma pessoa especial, afinal de contas havia sido *escolhida* para enxergar a verdade. Mesmo antes da morte trágica que infalivelmente me aguardava. Eu conseguia sentir a presença incontestável, porém oculta, de *algo* sobrenatural. Algo que não pertence ao mundo dos seres vivos, porém não consegue se desvincular deles. Algo que está preso à matéria e não consegue se libertar.

Senti-me intimidada e amedrontada com as possíveis consequências desastrosas que ter aberto aquela porta poderia trazer para minha vida. Quem brinca com fogo se queima. Não fui eu que abri a porta do closet?

O que eu havia chamado para entrar na minha vida? A luz no fim do túnel ou a escuridão eterna? Estava finalmente cara a cara com a morte? Com a minha ou de outra mulher, incapaz de deixar seu quarto?

De qualquer forma, ter a certeza absoluta de que fantasmas existem estava mesmo no meu destino. Eu havia sido bem-sucedida em encontrar algo que a maioria das pessoas duvida que existe e sentia-me humilde diante daquela descoberta extraordinária. Continuava chorando, em silêncio, sem saber o que fazer.

Ou então eu havia caído na velha armadilha que conhecia bem — a que pega os seres humanos mais bobos pelos pés, os chacoalha de cabeça para baixo e ri de seus rostos amedrontados implorando piedade; a que tem efeito nos homens facilmente impressionáveis, que acreditam em qualquer sinal minúsculo e insignificante que indique que estão na presença de uma assombração. Quem sabe eu era do tipo que paga para passear por casas mal-assombradas montadas por atores, em festas de Halloween, que gritam ao ver pessoas comuns vestindo fantasias baratas e que não sabem distinguir sangue de ketchup?

O vento havia ou não aberto a porta do closet? O apagar e o acender da luz eram apenas uma pane elétrica? Aquilo, era ou não, uma armadilha da minha imaginação? Rose era uma mulher morta? Me precipitei em minha conclusão, sem conhecer os fatos. Será que eu ainda estava sonhando?

Algo se acalmou. O vento frio parou de soprar. A energia do ambiente ficou menos densa, e pude novamente ouvir o barulho das ondas do Oceano Pacífico se quebrando na areia da praia. Engoli o choro e admirei o sossego do silêncio e da monotonia. Não ousei dizer mais uma palavra. Claramente não era o meu lugar. Aquele quarto não era o meu lugar.

Peguei o despertador e saí correndo do cômodo. Me deitei em um dos sofás da sala na frente da porta, caso precisasse literalmente fugir antes de o dia amanhecer. Minha vontade era sair correndo e abandonar tudo, absolutamente tudo, e retornar para Hollywood. Porém, infelizmente, *nada* mais me aguardava em Hollywood.

Senti-me terrivelmente vulnerável e estúpida! Amedrontada, desprotegida e despreparada para combater uma assombração que eu mesma havia invocado apenas por vaidade, sem sequer me importar com as possíveis consequências.

Por que eu havia sido mais uma vez atraída para um lugar mal-assombrado? Continuei a chorar, enquanto tentava descobrir o porquê de tantas vezes na minha vida aquela ser a *storyline*. Eu sempre me encontrava em lugares como aquele, propositalmente ou não, como se fosse meu destino traçado e inelutável.

Eu não sabia quem eram os fantasmas, não sabia nem se Rose havia morrido ou se tinha alguma conexão com as perturbações. Porém, não tinha a menor dúvida de que a mansão estava infestada de fantasmas, não era só aquele. Eu conseguia sentir diversas presenças no ambiente.

Um dos fantasmas havia acabado me dar as boas-vindas, pois daquele dia em diante seria *eu* quem cuidaria deles.

O MISTÉRIO DA MANSÃO HARDWELL

Mais um pesadelo desgraçado, rapidamente deduzi ao acordar e perceber que estava com febre. Minha cabeça latejava e a luz radiante do dia flagelava meus olhos doloridos. Minha testa estava pegando fogo. Que dor!

Eu já estava exausta daquilo. Sentir-me mal-assombrada toda santa noite! Acordar com o corpo com menos e menos vida. *Ninguém* conseguiria manter a sanidade mental naquela casa.

Notei que minha camisola estava encharcada de suor. Eu cheirava a algo podre, como carne estragada.

Havia tido um pesadelo *tão sinistro* que havia corrido para a sala e adormecido desleixada no sofá de uma casa que não era minha. Parabéns, Sophia, pelo profissionalismo! Ainda por cima, meu suor também havia molhado o tecido do sofá branco. Lamentei e soube que, apesar dos anos de vida, continuava não tendo responsabilidade para cuidar das coisas valiosas de outras pessoas. Havia começado a trabalhar oficialmente agora e já estava me sentindo arrependida. Parecia uma tentativa de sabotar a situação, pois no fundo sabia que algo cheirava muito, muito mal.

Ergui o corpo e me sentei. Olhei para uma sinistra aquarela na parede — uma senhora obesa ria, deitada nua em uma cama cheia de sangue, ao lado de um porco. Senti nojo da imagem, apesar de ser um quadro interessante. Tocava profundamente algo que eu estava tentando ignorar sem sucesso.

A verdade é que Andrew Hardwell e seu pai Donald eram porcos repugnantes. A companhia farmacêutica bilionária da família foi acusada de fazer um acordo com um manicômio para testar remédios psiquiátricos, sem o conhecimento dos próprios pacientes. Dizem que muitos deles começaram a desenvolver anormalidades depois que receberam injeções, comprimidos e remédios desconhecidos. Outros, que não tinham família, desapareceram misteriosamente da clínica. Pai e filho foram comparados aos médicos nazistas. Finalmente tive a decência e a coragem de admitir que sabia disso.

Antes de o crime ser julgado, porém, quinze anos, o juiz irresponsável que acompanhava o caso dispensou o processo, e alegou que não tinha provas suficientes para prosseguir. Era a justiça sendo justa como sempre. Andrew e Donald nunca enfrentaram consequências.

Eu não havia parado para ler sobre as anomalias causadas. Tentar imaginá-las agora, sem ter referências, era muito perturbador. As imagens que vinham à minha mente eram totalmente absurdas — mulheres com braços e pernas saindo de dentro de suas barrigas.

Comecei a olhar em volta e me senti enjoada. Eu sabia que o dinheiro que havia recebido de Andrew era *blood money*, dinheiro vindo de sangue. Ao aceitá-lo com um sorriso interesseiro no rosto, havia me tornado tão culpada quanto ele. Um monstro capaz de lucrar com atrocidades cometidas contra seres humanos doentes.

Quando acordei naquela manhã, percebi que aquele trabalho não era para mim. Mesmo que eu estivesse trabalhando para um homem bom, correto, sabia agora que não tinha a disciplina necessária para fazê-lo bem, ou determinação para tentar aprender.

Fiz tudo aquilo porque, apesar de desesperada, continuava sonhando com uma vida melhor. Porém, não fui honesta comigo mesma. A verdade é que eu era uma mulher mimada e egoísta, que detestava a ideia de qualquer tipo de trabalho que não fosse como atriz. Tudo que eu queria era recuperar minha carreira e ser abençoada com uma segunda chance de brilhar nos palcos de um teatro lotado e ser cegada pelas luzes dos holofotes. Eu não era capaz de servir ninguém.

O que eu iria fazer, agora que sabia que não suportaria mais do que alguns dias como empregada? A própria casa parecia querer me expulsar. Eu conseguia enxergar sinais ostensivos de que não era bem-vinda.

Desde o momento em que cheguei, carregada de segundas intenções e iludida pela beleza da ilha de Coronado e da mansão, comecei a definhar. Parecia estar sendo castigada. Havia ficado ainda mais pálida e perdido a habilidade de escapar dos pesadelos. Havia envelhecido muitos anos em apenas dois dias.

Do sofá, conseguia ver o espelho com moldura dourada. Busquei minha imagem com certo receio e, quando a vi, berrei como se estivesse à beira de uma morte brutal. Como se estivesse cara a cara com um assassino cruel. *Alguém* que estivesse passando na rua devia ter escutado, pois berrei tão alto que achei que o espelho fosse rachar. Sete anos de azar na vida, ou sete anos de azar na morte?

Eu estava irreconhecível, monstruosa, uma aberração! Minha pele havia murchado e olheiras profundas formavam sombras debaixo dos meus olhos caídos! Era mesmo o meu reflexo no espelho? Ou meu corpo estava possuído por alguém? Eu estava apodrecendo; parecia um cadáver!

Estava perdendo o controle. Enlouquecendo. Esperava por algo que *nunca* iria chegar — uma paz inexistente que idealizei, que surge para as pessoas boas. Não pessoas como eu, culpadas de viver uma vida supérflua, e mesmo assim continuar reclamando. Homem *nenhum* do mundo conseguiria sentir desejo ao olhar para mim agora. Eu parecia uma anciã, pronta para morrer! Até meu cabelo volumoso parecia ter ficado mais ralo. Passei a mão nele, e um grande pedaço se soltou nos meus dedos, sem motivo. Minha beleza frágil estava se despedaçando em minhas mãos. Comecei a berrar e caminhar de um lado para o outro.

Era muito difícil assimilar tudo aquilo. Se fui amaldiçoada por não ser uma pessoa boa, por que Andrew foi abençoado com tanta riqueza e sucesso, mesmo sendo uma pessoa ruim? Ele *só podia* ter feito um pacto com o demônio, concluí, e olhei para a pintura da mulher com o porco novamente. Aquele quadro tinha a intenção de provocar alegria, mas estava me fazendo mal.

Ao pensar no demônio, senti que ele não estava muito distante de mim. Senti que, na verdade, nunca esteve. Talvez ele estivesse presente naquele exato momento.

De frente para o espelho, compreendi: eu estava me aproximando de uma morte cruciante da qual não conseguiria escapar, e de uma pós-vida ainda pior, queimando no fogo do inferno, ouvindo a gargalhada exagerada do demônio — o som da vitória injusta daquele que conseguiu te destruir sem mérito.

Nasci com o dom de entender a língua de antigas casas e prédios, habitados por almas perdidas. Sabia que aquela mansão estava tentando me dizer algo. Eu *precisava* partir antes que fosse tarde. Antes que o dinheiro que recebi de Andrew tirasse minha vida, e que alguém me enterrasse no cemitério errado. Ou pior, que abandonassem meu corpo em Coronado, e que um pobre trabalhador tivesse a tarefa de me encontrar.

Precisava deixar um testamento explicando que eu *tinha* que ser enterrada no cemitério Hollywood Forever. Pois, quando acordasse da minha morte para assombrar meu matador, era naquela grama verde que eu queria despertar, em vez de ficar presa a uma casa velha. Queria ficar de frente para o mausoléu onde está Rudolph Valentino. Eu fantasiava sobre a possibilidade de viver após a morte na companhia de estrelas.

Comecei a pensar na maneira como iria partir. Questionei minha saúde, precária há tantos anos, principalmente por conta do longo tempo que fumei e também pela falta de exercícios físicos nos últimos anos. Minha saúde estava muito mais prejudicada agora, com os efeitos colaterais dos pesadelos demasiadamente reais, que transportavam meu corpo para outra dimensão e o traziam de volta cheio de sequelas.

Eu não sabia como prosseguir. O plano infalível que me fez abandonar Hollywood estava falhando bravamente.

Com a febre superalta, a sensação havia se agravado, tornando-se praticamente uma alucinação. Eu continuava pensando na minha morte e via a imagem das minhas mãos enrugadas atadas por uma corda bem apertada. Enquanto isso, um homem me enforcava com as mãos. Seu propósito não era me machucar, era acabar com a minha vida. Eu me imaginava sendo violentamente assassinada. A alucinação tinha jeito de premonição. Acreditei que um dia minha vida encontraria seu fim nas mãos de um homem.

Era segunda-feira e a chuva ainda caía. Uma ingente neblina ameaçava tomar conta da praia. Já não se via quase nada na Orange Drive. Somente uma nuvem branca, apagando as casas como se fosse borracha. Rodeada pela neblina importuna, era como se eu estivesse em um mundo próprio. Em uma casa flutuante, que só existia em minha imaginação.

Minha testa continuava pegando fogo, eu estava com a mente no inferno. Senti tanto calor que me imaginei nua em uma banheira cheia de gelo. O pensamento inusitado se tornou mais mórbido e imaginei que era um pedaço de carne dentro de um frigorífico.

Eu estava ferrada! Tinha a responsabilidade de me levantar e agir como se tudo estivesse perfeitamente bem durante todo o dia. Tinha a obrigação de lidar com um grupo de seis operários até a noite.

Comecei a buscar um esconderijo para me afugentar daqueles pensamentos perturbadores. Um letreiro luminoso apontando para uma saída de emergência. De repente o encontrei, no palco de um teatro de Nova York, nos anos noventa. Estava perdida, mas ouvia muitos aplausos, porque havia sido excepcional no meu papel.

Quando voltei para o mundo real, onde eu tinha um trabalho sério a cumprir, chequei a hora no despertador e percebi que os operários estavam atrasados. Que bom, pois eu também estava e ainda vestia camisola. Levantei, tonta, e subi as escadas lentamente. Ao colocar a mão no corrimão, senti frio na barriga. Meu corpo ficou pesado ao subir os degraus. Caminhei lentamente, como se esperasse encontrar mais fantasmas — subindo e descendo, sem conseguir chegar a lugar algum.

Não havia nada anormal no Quarto Vermelho, ele continuava da mesma forma que o deixei. Mesmo assim, meu coração ficou terrivelmente acelerado quando tomei coragem e girei a maçaneta, dando-me conta de que precisava pegar a roupa de trabalho no closet. Eu havia pendurado o uniforme sem experimentá-lo, e não sabia se me serviria. Me aproximei do armário e senti meu pobre coração vir à boca. Cuidadosamente, coloquei minha mão no cabide de veludo e peguei a roupa que deveria usar. Ninguém segurou minhas mãos, apesar da sensação de que aquele seria o momento em que aquilo aconteceria.

Detestava ter que vestir aquele uniforme. Achava preconceituoso, ultrapassado e dispensável.

Depois de me despir e pôr o vestido preto com avental branco, tentei assumir o papel de governanta. Senti-me desconfortável. Olhei no espelho e gritei mais uma vez, ainda chocada com a minha aparência. Tentei imaginar a mulher que usava o vestido antes de mim. Provavelmente outra governanta interesseira. Que ousou roubar e foi pega. Sabe-se lá o que aconteceu.

— *Sophia!* — ouvi alguém chamando meu nome do andar de baixo. Sem tempo de ajeitar o cabelo, saí correndo, pois provavelmente não havia escutado a campainha. Esperava não ter deixado os empregados esperando. Sempre odiei pessoas que deixam as outras esperando.

Senti falta de ar ao descer as escadas com pressa. Não conseguia ficar acordada, meus olhos estavam falhando. Coloquei a mão na testa e senti que estava mais quente do que antes. Precisava ligar para Angel e dizer que era uma emergência. Eu não tinha condições de trabalhar.

Quando cheguei à cozinha, arrastando meus pés superdoloridos no chão de piso quadriculado, soltei mais um berro de enregelar o sangue! O berro mais descontrolado que já dei na vida, por ter certeza absoluta de que estava acordada, apesar de eu estar rodeada pela neblina, que parecia engolir a casa aos poucos. Mesmo assim não era um sonho, estava acontecendo!

— *Deus me proteja de todo o mal que me persegue* — clamei em voz alta, tremendo, tremendo, sem conseguir parar.

Entrei na cozinha, vestindo meu uniforme doméstico risível, e vi uma cena fortíssima — típica de todos os filmes sobre casas mal-assombradas, até dos melhores.

Meu sangue *gelou*. Meu estômago fez barulho.

Seis cadeiras estavam equilibradas uma em cima da outra, bem no meio do ambiente, como se o centro tivesse sido minimamente calculado. Tive a impressão de que iam cair, ameaçavam cair, mas *algo* as segurava.

Comecei a chorar! Tinha certeza de que as cadeiras da cozinha estavam no lugar certo na noite anterior, e que ninguém havia entrado na casa durante a noite ou pela manhã. Não era o dia das faxineiras virem para a limpeza. Angel não havia ligado para informar uma troca de agenda. Fiquei atônita. Havia trancado todas as portas!

Eu estava arrependida de todas as vezes que brinquei com fogo! De todas as vezes que desejei ter uma experiência sobrenatural. Arrependida por ter corrido atrás de respostas, desde a infância, tentando falar com espíritos através de jogos com tábuas, compassos e copos, como se fosse uma brincadeira, sem me importar em saber se aqueles jogos causavam dor a eles.

Ela está aqui, pensei, imobilizada, deixando minhas lágrimas mornas rolarem dos meus olhos para a ponta do meu nariz e de minha boca trêmula.

Fechei os olhos e respirei fundo. Talvez quando eu os abrisse as cadeiras voltassem ao lugar certo. Abri-os novamente, mas nada mudou. Não era minha imaginação. Chorei mais e mais, e caí no chão de joelhos, rezando para conseguir sobreviver.

Me poupe de ver a morte! Por favor!

Mas eu estava na presença opressiva de fantasmas que não têm vergonha de aparecer para brincar em plena luz do dia. Que ficam enfurecidos quando recebem ordens.

Demorei para abrir a porta, apesar de *precisar* da companhia de algum ser humano em carne e osso. Quando levantei e abri, esperava encontrar uma salvação nos trabalhadores, mas não vi ninguém do outro lado. Ninguém havia chamado meu nome!

Quem sabe alguém estava aprontando pra mim. Esperava que fosse uma brincadeira de mau gosto. Talvez alguém estivesse puxando minha perna, ou talvez fosse um ritual de iniciação para trabalhar na mansão. Quanto mais eu tentava raciocinar, mais difícil era encontrar explicações plausíveis para tudo aquilo.

Eu estava com muito medo de tocar nas cadeiras para recolocá-las no lugar. Os operários estavam duas horas e quarenta minutos atrasados, e eu ansiava ouvi-los tocar a campainha. Era normal que se atrasassem tanto? Ou o relógio estava errado?

Virei as costas para usar o telefone, mas tomei outro susto *imenso e devastador*! As cadeiras se desequilibraram e caíram com estrondo.

Acidentalmente derrubei o telefone, que se estatelou no chão. Aos prantos e com os olhos ardendo, abaixei para pegar o aparelho, planejando ligar imediatamente para Angel. Mas a linha estava muda.

Assim que percebi, fui invadida por uma sensação singular; um vento gélido atravessou meu corpo por um instante. Senti uma mistura inimaginável e perturbadora de medo e prazer. Prazer por sentir um toque tão intenso na pele, e medo pavoroso por interagir fisicamente com algo que já estava morto.

Notei que as janelas de vidro continuavam cerradas. Explicações científicas não poderiam me salvar. Um fantasma havia atravessado meu corpo.

Talvez, se eu parasse de tremer, berrar, chorar e *apavorar* o desconhecido, conseguisse a oportunidade de negociar minha paz. Eu *precisava* me acalmar!

A cena era apavorante, irreal. As cadeiras estavam espalhadas pelo chão da cozinha, e eu temia que elas começassem a deslizar pelo ambiente, como acontece nos filmes de terror quando espíritos aparecem para brincar com novos moradores. Paralisada, aguardava a próxima surpresa lúgubre. Cada fibra do meu ser estava imobilizada pela força, que se divertia com o meu tormento.

Ouvi um grito agonizante vindo do lado de fora da mansão. Uma voz feminina pedia ajuda. Subitamente revigorada pela preocupação em ajudá-la, me libertei da imobilidade e corri para a porta. A voz continuava implorando socorro! Saí da casa e tentei encontrá-la, mas ninguém estava lá. De novo! Cobri meu rosto com as mãos, como se tentasse me proteger de alguma coisa. O que estava acontecendo?

Eu estava perdendo a sanidade! Comecei a correr pelo quintal, parei na frente da casa de hóspedes, nos fundos da casa principal, e passei pela piscina, agora suja pela chuva. Novamente na frente da casa, fixei os olhos na janela do Quarto Vermelho, de frente para o mar. Tentei ver o mar, mas a neblina não me permitia. Coloquei as mãos na cabeça e puxei meu próprio cabelo, tornando minha imagem ainda mais medonha. Eu parecia ser a própria assombração!

Andava de um lado para o outro e em círculos, na frente da mansão mal-assombrada. Não queria retornar, não sabia o que fazer! *Tudo* menos voltar para aquela casa!

Andrew sabia que era proprietário de uma casa mal-assombrada! Foi por isso que me contratou tão rápido! Tudo fazia sentido, e ao mesmo tempo nada tinha explicação.

Pensava em abandonar o restante das minhas coisas novamente. Sabia agora que eram só coisas, e que inevitavelmente se tornariam inúteis, no momento em que a morte chegasse para me buscar. Pensava em dar as costas para o contrato e desaparecer. Tornar-me a atriz que sumiu misteriosamente e ter a minha história inexplicada contada nos tours de Hollywood.

Quem sabe eu sumisse e depois forjasse minha morte, tornando-me famosa e venerada enquanto viva, assistindo, das sombras às reações de conhecidos.

Tranquei a porta da mansão com as mãos ainda trêmulas e caminhei rapidamente, em direção ao Hotel del Coronado, corajosamente enfrentando a febre, o frio, a neblina e a vergonha. Eu estava determinada a perguntar para a vendedora da loja de suvenires sobre a história da mansão. Talvez ela soubesse explicar o que estava acontecendo. Alguém haveria de ter uma explicação! Algo terrível havia acontecido ali dentro. Eu *precisava* descobrir o quê. Havia vivenciado algo tão extraordinário que qualquer pessoa que não acredite em coisas como o fantasma de Kate Morgan com ciúmes do fantasma de Marilyn Monroe provavelmente tentaria me internar.

Cheguei na loja vestindo trajes domésticos. Ao entrar no Del, percebi que os hóspedes achavam que eu era funcionária do hotel. Uma senhora de muletas me perguntou onde era o banheiro. Respondi, porque eu sabia, e me senti profundamente humilhada.

Ao me ver, Linda me olhou da cabeça aos pés e permaneceu em silêncio. Não me deu o bom-dia alegre que costumava dar aos clientes. Ela era geralmente receptiva, mas naquela manhã agiu como a casa — como se eu não fosse bem-vinda. Talvez minha aparência a tivesse assustado. Sabe-se lá como estava agora. Eu estava pronta para evitar os espelhos para sempre.

— Com licença — pedi, tocando suavemente nos ombros dela. — Talvez você não se lembre de mim. Eu estive aqui ontem, ou antes de ontem, já não sei. Presenciei o momento quando um garoto começou a brigar com a mãe por causa das joias tiradas da outra loja. Você disse que era culpa da Kate Morgan, lembra disso?

Linda se espantou. Arregalou os olhos negros e respondeu:

— É você! Achei que tinha te reconhecido, mas você está diferente, parece doente. Está tudo bem? Você não parece estar bem.

— Sei que vai soar estranho, mas estava com esperanças de poder conversar com você sobre algo importante.

— O que está acontecendo? Você quer saber sobre algum produto da loja?

— Não exatamente. Eu acabei de me mudar para Coronado e não conheço ninguém. Sinto muito por te incomodar, mas preciso fazer uma pergunta importante.

— Se eu souber a resposta...

— Estou trabalhando na mansão Hardwell — iniciei. A afirmação foi suficiente para Linda arregalar os olhos de novo. Claramente, mencionar a mansão havia causado uma forte reação. Eu estava certa ao procurá-la.

— Meu bom senhor! Então foi você que contrataram!

— Linda, eu preciso saber. Você sabe quem morreu na mansão? Sabe de algo sobre ela ser mal-assombrada?

— Pobre mulher! Quer dizer que te contrataram para trabalhar sem te contar nada? Faz sentido. Com licença, mas como é o seu nome?

— Sophia. Eu me chamo Sophia Young.

— Sophia Young? A atriz de Hollywood?

— Sim, sou eu — me gabei, depois voltei a me sentir muito mal. — Sei que estou acabada, estou com febre. Vim para cá o mais rápido possível para falar com você.

Linda me abraçou como se tivéssemos acabado de nos tornar amigas. Seu abraço era terno, como o abraço de um fã. Ela sabia que eu corria perigo.

— Chamaram Sophia Young para trabalhar na mansão? Desculpe, mas estou procurando meu queixo.

— *Tudo* que preciso saber é o que aconteceu lá. *Por favor*, eu imploro que você me conte agora! — Minha voz era de total desespero.

— Você está tremendo. Não quer se sentar?

— Não, eu só quero as respostas, *por favor*.

— É que estou pensando em como te contar. É uma das histórias mais horríveis que já vivenciamos na ilha de Coronado. Não quero ser indelicada, mas você deve ter lido em algum jornal, ou visto na tevê, não? Foi o maior escândalo de San Diego dos últimos tempos.

— Eu não assisto a televisão — fui curta. — Vim para cá sem saber de nada disso. Também não leio jornais.

— Bom, originalmente a casa pertencia a um dos principais investidores de Coronado. Ela já teve muitos donos, claro, foi construída em 1900. Eu não conheço todas as histórias, mas conheço a do seu chefe. Não sei por onde começar, é uma longa história.

— Eu tenho tempo — falei, e depois questionei se realmente tinha. Sentia-me como uma bomba-relógio humana. Estava prestes a explodir e levar todos comigo.

Um casal entrou na loja, interrompendo nossa conversa. Fiquei inquieta e comecei a caminhar, fingindo olhar as prateleiras enquanto esperava que eles saíssem. Estava morrendo de dor e de medo. Olhava os produtos da loja, mas não os via nitidamente. Um aparelho de tevê exibia *Quanto mais quente melhor*. Duas crianças entraram correndo, pedindo aos pais que fossem embora logo. O casal fez a vontade delas. Linda continuou, falando bem baixinho:

— Então, como eu dizia, há alguns anos, tivemos uma tragédia na ilha. O filho do sr. Hardwell, um menino lindo, educado, inteligente e alegre, de seis anos, morreu ao cair da escada da casa, enquanto estava sob os cuidados da namorada do pai. Todos conheciam Bobby, ele brincava muito no hotel, então a cidade inteira ficou de luto. Dois dias depois, ocorreu mais uma tragédia. A namorada do sr. Hardwell foi encontrada morta, só que de um jeito *muito* mais macabro.

Minhas mãos tremiam convulsivamente. Apesar de estar quase desmaiando, precisava ouvir e entender os fatos. As peças do misterioso quebra-cabeça estavam se encaixando. Tudo de bizarro estava começando a fazer o mais completo sentido; as vozes, o pedido de socorro, os sons, as sensações e os pesadelos. Se eu tivesse me informado, *tudo* poderia ter sido diferente. Estava sofrendo os resquícios das tragédias que ficaram impressas na casa, repetindo-se por toda a eternidade.

Ao mesmo tempo, não era só uma simples gravação ou impressão dos assassinatos; uma assombração que apenas se repetia, mas com a qual eu não podia interagir. O fantasma de Rose estava chamando o meu nome, Sophia. Claramente, o chamado era particular.

— Quando a namorada foi encontrada pela empregada da casa, estava nua, tinha as mãos e os pés atados por uma corda, com uma bolinha enfiada na garganta, e pendurada pelo pescoço em uma das janelas da casa, ao ar livre. Os nós estavam amarrados com desconfiável precisão, e a empregada precisou da tesoura para cortar a corda e soltar o corpo. Outra coisa que chocou a todos foi a mensagem escrita na porta do quarto dela. Lembro perfeitamente porque fiquei muito impressionada com o que ela dizia: "*Ela não o machucou, mas ele sempre irá machucá-la.*"

A falta de ar que eu vinha sentindo era a mesma que Rose havia sentido, concluí. Eu estava *muito* impressionada e meus olhos estavam embebidos em lágrimas. Por algum motivo, eu conseguia sentir a morte de Rose na pele. Eu via imagens das minhas mãos e dos meus pés atados, e de um homem com as mãos em volta do meu pescoço. Ela é que sofreu aquela morte desonrosa, mas as imagens me machucavam como se tudo aquilo tivesse acontecido comigo. Meu papel, porém, era outro; o da empregada com a importante tarefa de encontrar o corpo sem vida e fazer a ligação para a polícia.

— A polícia concluiu que a morte do menino foi acidental e que a namorada de Andrew se suicidou. Só que ninguém encontrou provas de que ela tenha se matado.

— Por que alguém se mataria sem roupa, ao ar livre? — perguntei indignada, já ciente da resposta. — E como é que ela amarraria as mãos e os pés com nós apertados, e depois se engasgaria com uma bolinha do cachorro?

— Os moradores de Coronado continuam tentando reabrir o caso para provar que a mulher foi assassinada. A irmã dela tem certeza de que foi homicídio; algum tipo de vingança pela morte da criança. Já a ex-mulher de Andrew acredita que a namorada matou o menino acidentalmente, mas depois se suicidou por ter se sentido muito culpada. — Ela pausou por um momento. — Sinto muito por apavorar você mais ainda com estes detalhes.

— Não, eu preciso saber.

— Tudo bem. Nos últimos três anos, a mansão Hardwell foi posta à venda várias vezes, e o preço chegou a decair mais de 50% no ano passado, mas mesmo assim não foi vendida. A história é aterrorizante porque ninguém tem respostas. Muitas pessoas trabalham lá e vão embora de repente, e nunca mais ouvimos falar delas. Há uma crença de que é um lugar muito amaldiçoado. As crianças batem na porta da casa todo Halloween para pedir doces, mas ninguém nunca abre. Andrew Hardwell não vem a Coronado desde que as tragédias aconteceram. Seus negócios cresceram *muito* depois das mortes, e ele investiu em vários outros negócios na cidade, mas nunca mais veio aqui pessoalmente.

Me aproximei de Linda e segurei suas mãos. O batimento do meu coração estava caótico. Ela respirou fundo e emitiu ansiedade, como se fosse capaz de sentir minha vibração. Eu estava *finalmente* entendendo tudo.

— Eu ouvi o menino e a mulher — revelei, sabendo que soava como uma mentira. Eu tinha certeza, porém, de que os havia ouvido. — Eles se comunicaram comigo — falei baixo. — Acho que estou doente porque consigo sentir o que aconteceu com ela. Ela precisa de ajuda! Ela foi assassinada... por um homem!

— Como você sabe? — perguntou Linda espantada, com olhar amedrontado, porém um pouco desconfiado. — O que você acha que ouviu?

— Eu só sei que ela foi assassinada por um homem. E que ela continua na casa, pedindo socorro. Também *sei* que em algum lugar há provas de que podem reabrir o caso.

— Você encontrou provas?

— Não. Eu ainda não consegui encontrar nada.

— Se você sair contando essa história por aí vai causar muitas mágoas. Não se pode afirmar nada sem ter provas. A tragédia envolve *muita* gente que ainda está sofrendo com tudo que aconteceu. Eu, por exemplo, conheço a ex-

-mulher de Andrew. Ela frequentava o hotel e comprava comigo.

— Eu não vou sair contando histórias por aí. Só estou falando para você. Acabei de perceber que estou aqui por um motivo maior do que eu podia imaginar, e estou apavorada! Me desculpe, eu sei que você nem me conhece.

Quando terminei de falar e Linda voltou a atender os clientes, senti um alívio fora do comum. Apesar de aterrorizada pela verdadeira história, senti que o peso em meus ombros havia diminuído. Era como se, de repente, eu conseguisse respirar novamente sem dificuldades.

Estava claro que eu havia ido a Coronado porque tinha uma missão. Quando me dei conta disso, meu corpo se acalmou. O problema é que eu me sentia contrariada: não queria continuar ali para cumpri-la até o fim. Rose precisava de um Jack, não de uma Sophia Young.

Eu tinha muito em comum com os fantasmas que cruzaram meu caminho. Tinha muito em comum com Jolene, com Kate e com Rose. Percebi que todas as vezes que encontrava um fantasma, era de uma mulher que havia morrido pelas mãos de um homem que um dia ela amou.

Que desgosto! Algumas mulheres nascem para ter o coração estraçalhado até o dia de sua morte! Como seria possível descansar depois de partir daquele jeito?

Fiquei mexida ao tomar conhecimento dos últimos dias de Rose. Principalmente ao saber que a culpavam pela morte do filho de Andrew. *Nada* pode amenizar o sentimento de tirar a vida de uma criança, ainda mais sem ter a intenção. Da mesma forma que nada pode amenizar a dor de alguém que perdeu um filho por causa da incompetência de outra pessoa.

Ao caminhar pelo lobby do hotel, lotado de turistas recém-chegados, voltei a chorar baixo, sem fazer barulho. Sentei-me em uma poltrona para pensar.

Rose devia se identificar comigo da mesma forma que eu me identificava com ela. Eu tinha fugido dela, deixando-a falando sozinha. Infelizmente, eu sabia que, para finalizar aquele capítulo de terror, eu seria obrigada a voltar e permitir que ela dissesse o que queria. O problema é que eu estava *morrendo* de medo de voltar para a mansão.

Quem a havia assassinado, se não Andrew Hardwell? Eu não sabia de nada, mas tinha certeza de que tinha sido um homem. Pobre Rose! Que morte terrível!

Fui ao bar que fica acima da piscina e tomei uma dose de tequila — ou coragem — na frente de uma das lareiras. A chuva já havia cessado. Se eu estava mesmo com febre, certamente pioraria. Porém, *precisava* tomar uma dose.

A neblina continuava engolindo a ilha. Depois de beber e pensar, resolvi voltar para a mansão. Afinal, eu ainda estava aguardando os operários. Talvez eles já tivessem chegado havia horas, e talvez eu fosse despedida. Torcia por isso!

Ao me aproximar da mansão novamente, senti-me um pouco menos perdida. Meu coração acelerou e minhas pernas voltaram a ficar bambas. Olhei diretamente para a janela triste do Quarto Vermelho. Tudo ficou escuro.

Fui violentamente transportada para um lugar diferente. De repente, estava a caminho de um dia no passado. Girava em alta velocidade em um túnel, com uma luz bem que me deixava cego, bem ao fundo, ouvindo vozes que me chamavam para ver *alguma coisa.*

Sem dúvida, eu estava alucinando de novo. Continuava parada na calçada, encarando a janela do quarto.

Vi o corpo de Rose pendurado na janela, humilhado e exposto bem na frente da casa, para que todos os moradores e visitantes pudessem ver. Explorado e desrespeitado, exibido como um troféu. Ela havia sofrido profundamente e continuava sofrendo. Eu conseguia vê-la claramente e a imagem era terrível.

Quando me deparei com a aparição do seu corpo, comecei a sentir uma dor incapacitante em todo o meu corpo. Senti tanta pressão no coração que achei que estava tendo um ataque cardíaco. Me agachei na calçada, coloquei a mão no peito e gritei. Olhei em volta, esperando ajuda, mas ninguém estava a caminho para me socorrer.

— Rose! — chamei pela única pessoa. — Socorro!

Senti-me melhor assim que pronunciei seu nome. Consegui levantar, com um pouco menos de dor e tontura, e caminhei até a entrada da casa, quase como se estivesse hipnotizada. Assim que coloquei a chave na porta, ouvi o telefone da cozinha tocar. Ele não estava mais mudo. Eu atendi, tensa.

— Finalmente! — falou a voz de Angel do outro lado da linha. — Estou tentando te ligar há mais de uma hora!

— Angel, me desculpe. Eu tive uma emergência.

— O que aconteceu? Está tudo bem por aí?

Por um momento considerei contar tudo para ela. Depois, lembrei que ela havia intencionalmente escondido de mim a verdade sobre a casa, enquanto me incentivava a assinar um contrato — ou um pacto.

— Eu fiquei menstruada.

Na realidade, já não sangrava mais lá embaixo. Sangrava em todo lugar, menos onde devia. Sangrava principalmente no meu coração.

— Preciso te dar uma notícia horrível — ela avisou, em tom sério, sem se preocupar com a minha suposta menstruação. — A van que trazia os operários sofreu um acidente na estrada. Todos os seis homens morreram.

— Meu Deus! — foi tudo que eu consegui dizer.

— Fique por perto, por favor. Vou voltar a ligar daqui a pouco. — Ela desligou e ouvi o toque sem sinal. Fiquei pasma. Esperava tudo, menos aquela notícia. Eles haviam sido impedidos de chegar à mansão.

Cheguei perto da janela da cozinha. Um bando de gaivotas voava em direção à casa, surgindo da imensidão branca, como se fosse um grupo de mensageiros. Quando se aproximaram, dei um passo impulsivo para trás e quase escorreguei em uma das cadeiras que continuava jogada no chão. Fiquei nervosa ao perceber que eram pelo menos vinte, voando velozmente até a janela. Outro estrondo me fez pular! Sem enxergar a janela, as gaivotas se chocaram contra o vidro e caíram mortas na grama. Tive vontade de chorar. O barulho horrível de suas cabecinhas batendo contra a janela me causaria mais um trauma.

Sentei no meio da cozinha, observando os arredores, perguntando-me se Rose estava presente. Não senti nada que pudesse comprovar que estava, e comecei a caminhar pela casa, na expectativa de uma nova perturbação.

Nem *tudo* valia a pena para se ter uma vida de luxo. O dinheiro pode comprar muitas coisas, mas não pode comprar a paz. Se eu morresse na mansão, viveria em luxo por toda a eternidade, mas não teria paz.

Corri para o quarto, peguei o cheque que havia recebido e o rasguei em mil pedacinhos. Corri para o banheiro e dei descarga, com inesperado prazer.

Durante o restante do dia, aguardei apreensivamente por um contato de Rose. Precisava descobrir o que eu tinha de fazer para ajudá-la. Porém, a espera foi inútil.

Subi as temidas escadas fatais, que tiraram a vida da criança inocente, e entrei no quarto cor de sangue da mulher humilhada. Sentei na cama e esperei, pacientemente. Nada aconteceu. Os fantasmas raramente aparecem quando são chamados.

Por que saímos correndo quando encontramos fantasmas e depois nos sentimos decepcionados por não conseguir trazê-los de volta? Eu estava confusa.

Olhei no espelho do quarto novamente e percebi que meu rosto havia voltado ao normal. Mal pude acreditar. Fechei os olhos e os abri novamente. Minha pele não estava mais murcha, enrugada ou sombreada por olheiras. Eu ainda tinha quarenta anos, e meu rosto permanecia enigmático e interessante para uma mulher da minha idade. Suspirei. Senti-me aliviada e rejuvenescida, como se tivesse sido presenteada com a segunda chance que tanto desejava receber. Me concentrei novamente no barulho do mar.

Estranhei. Por algum motivo, os fantasmas haviam ficado em silêncio.

O PASSADO SEMPRE VOLTA

A mansão Hardwell me traumatizou. Ao mesmo tempo foi essencial para que eu finalmente entendesse que devia parar de subestimar constantemente minha coragem. Havia me superado; retornado à casa mal-assombrada por vontade própria, tremendo de pavor, porém disposta a arriscar a vida para ajudar a mulher que gritava por socorro, da janela onde havia morrido.

Pela primeira vez, havia encarado um fantasma. Era mesmo o fantasma de Rose, ou era o meu próprio?

Em vez de fugir ao ver seu corpo assassinado, eu o enfrentei. Senti a dor cruciante que ela sentira, e caí no chão com a mão sobre o peito latejante. Gritei por socorro. E percebi que ninguém viria me socorrer. Chorei *muito*. O papel ridículo da mocinha indefesa. Sozinha, só me restava pedir ajuda ao fantasma, minha única companhia. Ele parecia ter se comovido com meu pedido desesperado de socorro. Depois que chamei seu nome e pedi ajuda, o silêncio voltou a reinar na mansão, como se tudo que vivi não tivesse sido mais que um pesadelo.

Eu não via mais sinais das assombrações. Mesmo assim, conseguia sentir os assassinatos impregnados na casa, e continuava imaginando cada detalhe das mortes.

Apesar de os fantasmas terem se calado de repente, eu temia que aparecessem a qualquer momento, inesperadamente, para me matar do coração. Se eu tivesse mais uma visão como a que tive, certamente morreria. Eu só rezava para que o menino não aparecesse. Não queria, de jeito algum, ter de enfrentar uma criança morta.

Não parava mais de pensar, obsessivamente, em como seria o fim da minha história. Pelo menos já havia estabelecido algo importante: o gênero. Infelizmente, minha vida não era uma comédia romântica com final feliz como eu queria. Era definitivamente uma tragédia.

Olhei no espelho para ter certeza de que eu ainda estava lá. Eu estava, refletida, e ainda tinha vida pela frente.

Resolvi recarregar meu celular, e notei que tinha seis mensagens de voz. Marlon havia deixado quatro. As outras duas eram de cobradores.

"Oi, Sophia. Me liga assim que puder! Preciso falar com você o mais rápido possível!"

"Oi, Sophia! Tá tudo bem? Estou tentando falar com você sobre algo importante, do seu interesse. Me liga!"

"Oi, é o Marlon. De novo. Estou tentando falar com você sobre um programa de TV que vai fazer um episódio sobre o assassinato da Jolene! Me liga logo, Sophia!"

"Sophia, eu te fiz alguma coisa? Não estou entendendo! Essa vai ser a minha última tentativa de te ligar. Tenho uma notícia. Nós vencemos o processo! O prédio vai indenizar os residentes que foram despejados ilegalmente, e você vai receber dinheiro! Me liga, urgente! Estão fazendo um programa sobre o Hillside, e estão muito interessados em você."

Fui pega de surpresa. Acreditava que havia deixado o Hillside em um capítulo do passado, mas estava muito, muito equivocada. Mas no fundo eu já sabia que o passado *sempre* volta; ele é um *stalker*. Quando o deixamos para trás, ele sempre consegue uma maneira de nos encontrar. A mansão Hardwell era apenas o prefácio do que ainda estava por vir. Minha história em Hollywood ainda não tinha terminado.

Antes de retornar a impaciente ligação, resolvi ir até a videoteca da casa. *Algo* me chamava para o cinema.

Comecei a observar os títulos e rapidamente me emocionei. Esbocei um sorriso e depois abri a porta de vidro do armário, pois queria sentir a fita com as mãos. Era *Boneca de porcelana*, de 1988, estrelando Sophia Young como Katherine Fay e Alexander Woods como Oscar.

"Brilhante", "Um clássico instantâneo", "Imperdível", diziam as resenhas na parte de trás do VHS. Na capa, eu estava nos braços fortes de Alexander Woods. A história de uma adolescente mimada da alta sociedade, cegamente obcecada por um homem casado com uma mulher muito mais poderosa que ela.

Suspirei. Nunca mais vi Alex depois dos anos 1990. Ele abandonou a carreira de ator em Hollywood e levou a família para uma fazenda em Conneticut. Já Kevin Spade, o diretor, teve um ataque cardíaco em 1999. Margaret

Smith, a roteirista, faleceu em um acidente de carro em 2004, a caminho do enterro do pai. Poucos ficaram para contar a história. Alice Carter, que interpretava minha melhor amiga, nunca mais apareceu em nada, ou em lugar algum. Eu não fazia a menor ideia se ela ainda estava viva.

Senti-me muito agoniada. Percebi, pela primeira vez, que nenhum dos envolvidos em *Boneca de porcelana* havia tido sorte depois do filme. Apesar do sucesso estrondoso que fizemos na época, não havíamos conseguido colher os frutos; fomos amaldiçoados.

Mesmo assim, eu sentia muito orgulho, e abracei a fita de vídeo com carinho, como se fosse meu bebê.

Eu definitivamente *amava* ser atriz, e não queria desistir de tentar antes de morrer. Se o tempo era escasso, eu tinha que correr. Peguei o celular para ligar para Marlon.

— Finalmente! — ele atendeu. — Puta que pariu, hein?

— Finalmente liguei meu celular — respondi. — Quer dizer que não vamos somente ser pagos, como vamos também nos tornar estrelas de TV? — falei, ironicamente.

— Cara, você conhece aquele programa chamado *Fantasmas de Hollywood*, não conhece? Eles vão fazer um episódio de duas partes sobre o assassinato. Já conseguiram permissão para filmar no prédio e tudo o mais, e querem estrear em quatro meses.

— Calma aí! Achei que você fosse totalmente contra lucrar com a história de uma vítima de assassinato.

— É que percebi que é melhor divulgar o assassinato do que deixar que caia no esquecimento, enterrado. Contanto que a história seja real, tentarei me acostumar a chamá-la de "o fantasma". Ainda tenho sérios problemas com isso.

— Que mudança de opinião!

— Eu quero que Richard *morra* na cadeira elétrica.

Não respondi à declaração, e Marlon continuou:

— Os produtores querem muito que você faça parte do programa. Quando mencionei seu nome e seu filme, os caras praticamente piraram. Me perguntaram se você toparia ser a narradora do episódio. Estão aguardando sua resposta para fechar os detalhes da filmagem.

— Então isso é pra já? — questionei, extremamente surpresa.

— É pra ontem! Querem ser os primeiros a lançar a história, e ainda vão comprar o roteiro de Richard.

— O quê? Você está louco? Richard não merece que o roteiro dele vire filme! Você tem que queimar esse roteiro antes que vendê-lo te traga graves problemas!

— Eu vou vender de qualquer jeito, Sophia. E o filho da puta do Richard vai me pagar! Eu não aguento mais! Quase todas as noites vejo o corpo de Jolene no corredor! A raiva que eu sinto de Richard está me enlouquecendo! Todos vocês foram embora e conseguiram esquecer, mas eu continuo morando na cena do crime! Pensei em vender essa porcaria para um daqueles sites de *murderabilia*, mas não quero que Richard lucre.

— Só estou te avisando que vai haver consequências.

— Então, Sophia. Você vai topar fazer a narração?

Olhei para a tela do cinema da mansão. A verdade é que pela chance de entrar na TV, eu daria até um dedo da mão. Quem sabe eu pudesse abrir portas com esse programa.

— Quando preciso estar aí?

— Assim que se fala. O mais rápido possível. Se puder, amanhã. Você pode sair daí no meio da semana?

— Eu já estava de saída. Não quero mais ficar aqui.

— Você por acaso gostaria de voltar para o seu antigo apartamento? O prédio vai te pagar 8 mil dólares e seu apartamento continua desocupado. Posso falar com a nova gerente e adiantar sua papelada. Faith foi embora, finalmente.

— Voltar, isso nunca passou pela minha cabeça. Nunca me imaginei voltando para o Hillside. Mas acho que posso encarar o Coronado como as férias que não deram certo.

— Vem logo! Nós vamos fazer um programa de TV!

LAR, AMARGO LAR

Fui embora de Coronado às pressas, como se fugisse de mais um crime que cometi, mesmo com as mãos e os pés atados. Não dei satisfações, somente dei adeus a Kate, Rose e Marilyn Monroe, ninguém mais. Andrew Hardwell que me processasse. Eu estava voltando para casa. Deixei meu celular tocar insistentemente no vazio.

Ficou claro para mim: podiam me tirar de Hollywood, mas não podiam tirar Hollywood de dentro de mim. A vontade de me arriscar novamente na cidade das ilusões ainda pulsava. Era muito difícil morar em um lugar onde as estrelas não estão. Minha obsessão pela fama era uma doença incurável. Eu *precisava* voltar para os holofotes, de qualquer maneira.

Coloquei o pé na estrada e me senti apreensiva. Nos primeiros quinze minutos, já sabia que o caminho de volta não seria tão agradável quanto o caminho de ida, como é de esperar. A viagem foi estressante, vagarosa, como se eu estivesse nadando contra a maré ou tentando me mover em um sonho em câmera lenta, onde você tenta correr mas parece que está pisando em areia movediça.

Tinha que lutar para manter os olhos abertos. Queria mantê-los abertos com fita adesiva. Imaginava se iria acordar no Hillside, descobrir que nunca havia de fato partido, que Jolene tinha acabado de falecer, e que eu estava sofrendo de transtorno de estresse pós-traumático. Aparentemente não, eu continuava dirigindo.

Estava perdida como cego no meio de um tiroteio. Não conseguia enxergar a forma dos carros que passavam voando, em alta velocidade. Era como se fossem somente sombras, ou mais assombrações. Eu mal conseguia ler o que estava escrito nas placas.

Tensa, parei no primeiro Starbucks que encontrei e certifiquei-me que estava no caminho certo. Depois comprei um café grande e tratei de encontrar uma estação de rádio que tocasse heavy metal; precisava me manter acordada. Ao fazer o retorno para a *highway*, quase derrubei o café quente no meu colo. Chorei alto, como um recém-nascido; senti que estava literalmente à beira de um penhasco. Qualquer erro que eu cometesse na estrada poderia acabar com absolutamente *tudo*. Eu estava irritadíssima, da maneira como fico quando não durmo bem há muitos dias, sem conseguir me concentrar. Devia ter dormido antes de ir embora. Aumentei bastante o volume, Black Sabbath estourando os alto-falantes. Eu estava louca, além do limite de velocidade, praticamente implorando ser punida pela minha irresponsabilidade.

O que eu estava fazendo? Jogando tudo para o alto para perseguir mais um sonho superficial e interesseiro? Para narrar a tragédia que aconteceu com uma mulher que conheci pessoalmente? Eu só podia ter chegado ao fundo do poço — só me restava a escolha entre escalar ou morrer.

Assim que me aproximei da saída para a Hollywood Boulevard, comecei a ouvir o falatório sobre o Oscar no rádio. Prestei atenção. Aparentemente, as indicações haviam sido anunciadas na madrugada anterior. Senti-me deprimida e amargurada, e pensei no rumo que poderia ter tomado se não tivesse me envolvido com "Anthony Faustini, indicado ao Oscar de Melhor Ator!".

Não era possível! Quase parei o carro no meio da estrada movimentada. Por pouco não cometi outro crime imperdoável. Tomei um susto tão grande que freei bruscamente, fazendo com que a caminhonete que vinha atrás freasse também, quase causando um acidente em massa. Eu tremia. Ouvia buzinas raivosas e muitas vozes iradas. "Sua suicida! Qual é o seu problema?" Meu problema? Eu tinha batido a cabeça com força.

Oscar de Melhor Ator? Fui inesperadamente nocauteada pela terrível notícia, ainda no início do primeiro round. A pior parte é que Anthony realmente merecia o reconhecimento, pois era um mestre em manipular e enganar o público. Eu não via seus filmes havia anos; estava estarrecida. Quando foi que ele se tornou um dos queridinhos da Academia?

A notícia me machucou profundamente — o ódio e a inveja incontroláveis começaram a poluir minhas veias. Na garganta seca, mais uma vez senti o gosto da injustiça. Não há gosto mais amargo do que o de perder sem merecer. Com Anthony em um pedestal, eu automaticamente tornava-me uma perdedora.

Ele era o herói e eu, o monstro.

Bem-vinda de volta a Hollywood, Sophia! Tudo que você quer está aqui, mas não pode tocar em nada!

Eu mal havia chegado e já estava sendo colocada no meu suposto lugar. Percorri o restante do caminho aos prantos. Com vontade de socar o volante e dar cotoveladas no vidro. Com vontade de sair correndo pelas ruas e xingar a cidade, como se a culpa fosse dela. Me imaginava na rua sem amigos ou pertences, como um dos mendigos enlouquecidos da Hollywood Boulevard, que todos os dias reclamam e gritam para os quatro ventos sobre algo que ninguém entende. Vagando pelas ruas sem rumo, atormentada por espíritos penados, eternamente presos à Calçada da Fama, e por uma ideia de sucesso que fracassou injustamente.

"*O Oscar era meu!*", eu gritaria. Me olhariam com pena e me dariam apenas esmolas em centavos. No máximo uma miniatura, comprada em uma loja de suvenires.

— Vocês não sabem quem eu sou? Eu sou uma estrela!

Cheguei ao Hollywood Hillside e estacionei o carro em uma esquina. Eu não tinha mais direito à vaga no estacionamento do outro lado da Hudson Avenue. De qualquer forma, já tinha que ter devolvido o carro. Certamente teria que pagar uma multa alta pelos dias que passei à espera dos fantasmas.

Ao chegar a Hollywood, supreendentemente com vida, concluí: eu estava *sempre* rodeada de fantasmas.

Enviei uma mensagem de texto para Marlon e fiquei frente a frente com o prédio rosa-salmão, na Calçada da Fama, esperando a porta da frente se abrir, olhando para os dois coqueiros diante do prédio. Lembrei-me do dia em que a porta se abriu e levou Richard embora. Nós continuávamos aguardando seu julgamento.

O letreiro com o nome do prédio ainda não havia sido substituído por The Boulevard Apartments, como iria se chamar. Pisando sobre uma estrela, comecei a ver o prédio com outros olhos. O Hollywood Hillside era muito menos elegante do que eu lembrava, e estava decadente sem a manutenção de Geppeto, com a tintura descascando. Segundo Marlon, o velho homem havia sido despedido. Lamentei. A magnífica residência histórica havia sido destruída por pessoas gananciosas durante a devastadora crise econômica, e a vida de muitos inocentes nunca mais seria a mesma por causa deles.

Quando o dinheiro e o prestígio chegam ao fim de repente, há sempre pessoas que perdem a cabeça e a alma.

Ao lado da entrada principal, um aviso direcionava os moradores para o website de Marlon, ainda em pleno funcionamento. Eu não duvidava de que ele tivesse que descer a cada vinte minutos para pendurar o aviso novamente. Inevitavelmente, os novos donos estavam tentando escondê-lo dos novos residentes desavisados.

ESTIMADO MORADOR,

O HOLLYWOOD HILLSIDE TE AVISOU SOBRE O ABUSO SEXUAL QUE OCORREU NO ESTACIONAMENTO? NÃO? ENTÃO EXIJA A SUA SEGURANÇA!

FAÇA SUA RECLAMAÇÃO IMEDIATAMENTE! EXIJA QUE AS CÂMERAS DE SEGURANÇA DO PRÉDIO VOLTEM A FUNCIONAR!

Marlon não parava por nada. A situação havia somente se agravado nas últimas semanas. Sentia uma atmosfera de perigo, e o fato das câmeras não funcionarem não era o único motivo. Talvez fosse o perigo dentro de mim reconhecendo o risco à minha volta. Naquele momento, eu era um perigosa para mim mesma e para os outros, como disse a juíza. O perigo que o prédio me oferecia somente acrescentava.

Eu já havia começado a pensar em diferentes maneiras de sabotar a indicação de Anthony Faustini ao Oscar. Tudo que eu sabia é que ele *não podia* chegar lá, tornar-se respeitado por toda a indústria cinematográfica e enterrar-me definitivamente. Eu estava corroída pela inveja. Quando imaginava que ele pisaria no tapete vermelho com sua nova noiva, e que possivelmente subiria ao palco da principal cerimônia de cinema como um vencedor, sentia uma vontade incontrolável de me arranhar ou cortar os meus pulsos para compensar a dor. Arranhar ou cortar os pulsos dele para me vingar. Depois disso, ele certamente seria capaz de conseguir uma estrela na Calçada da Fama. Eu estava disposta a fazer *qualquer coisa* para impedi-lo. Aquela era a minha missão de vida. Eu não tinha mais dúvidas.

Não podia deixar que Anthony fosse eternizado em *meu* solo. No Kodak Theatre, na Hollywood Boulevard com a Highland Avenue, ou em qualquer um dos quarteirões da Calçada na qual eu vivia minha vida. Toda vez que eu caminhasse, seria obrigada a vê-lo. E turistas do mundo inteiro, sem saber quem ele realmente é, tomariam a estrela como resposta. Cem anos depois, ele continuaria sendo reverenciado, e seria impossível convencer alguém da verdadeira história.

Marlon abriu a porta usando o interfone, e eu subi pelo elevador. A energia do terceiro andar continuava pesada. Eu ainda não havia voltado lá depois do assassinato, e tremi dos pés à cabeça quando pisei no carpete ainda recortado. Virei-me e olhei para a porta do apartamento de Richard e Jolene. Fiquei instantaneamente tonta. Os resquícios eram óbvios. Agora que eu havia enxergado a verdade sobre a vida e a morte, possivelmente receberia a visita de Jolene. Não estava preparada para encontrá-la nos corredores do Hillside

— Eles ainda não arrumaram o carpete! — reclamou Marlon, com razão. Ele continuava cabisbaixo, com um olhar entristecido.

Quando entramos no apartamento de Marlon, o 300, a pouquíssimos metros do de Richard e Jolene, o 302, reparei que o roteiro de Richard estava na sala sobre a mesa de vidro. Me espantei, suei frio. Eu sabia que o roteiro existia, mas nunca o tinha visto. A sensação que ele provocava, de que Richard ainda estava entre nós, era mais do que aterrorizante. Ler seu nome era o suficiente para sentir medo. O crime brutal havia sido cometido do outro lado daquela porta. Eu estava ansiosa por me encontrar logo com a nova gerente do prédio e voltar para o andar do meu apartamento.

Sentamos em um sofá e Marlon ligou para os produtores. Depois de um papo de poucos minutos para atualizá-los sobre a situação do prédio, colocou-os no viva-voz para falar comigo. Me apresentei, com firmeza na voz, e disse que estava disposta a participar do episódio sobre o assassinato, contanto que o trabalho abrisse outras portas. Falei que era grande fã do programa, que já havia morado em alguns lugares mal-assombrados, feito contato com espíritos, e que tinha interesse em me tornar uma aquisição fixa. Naquelas circunstâncias, acreditava que tinha tido uma ideia brilhante. Era um jeito de me aproveitar da situação trágica.

Eu sabia que era uma tacada no escuro. Contudo, era a única chance que eu tinha de trabalhar na televisão. Os produtores ouviram minha proposta e disseram que conversariam com a emissora. Enquanto aguardavam a conversa, precisariam da minha confirmação. Como eu não tinha agente, era fácil me passar um para trás. Aceitei participar do episódio, mesmo sem garantias.

Sorri por um momento. Estava sentindo aquela esperança que atores sentem quando são escolhidos para um trabalho, e acreditam que se trata do futuro.

— Como não tinha pensado nisso antes? — perguntei para Marlon, depois de desligar. — Já que sou mal-assombrada, posso trabalhar com isso. Existe todo um público estabelecido. Eu seria uma ótima apresentadora de terror! — falei, convencendo-me da ideia. — Agora que descobri que vejo espíritos, posso dar início a uma nova carreira na televisão — sonhei alto, convicta.

— E eu posso ser seu empresário — ofereceu Marlon.

Aquele era o momento perfeito para me reinventar. Para aproveitar meus cabelos negros e minha pele desbotada e me assumir como dama da escuridão. Usaria minha experiência em Coronado como aprendizado e continuaria as investigações.

Tudo para ser alguém de novo e ver meu rosto na tevê. E se eu morresse no percurso, que pelo menos fosse filmado! Pois quem morre na tevê vira santo.

A INDICAÇÃO AO OSCAR

Acabei perdendo quase todos os meus móveis. Quando me reinstalei no meu apartamento, tornou-se claro que eu havia caminhado em círculos, e que havia voltado ao início, só que com menos do que havia começado. Estava bem mais fria, pois algo importante havia sido arrancado de dentro de mim. Caminhei pelos corredores com o olhar fixo na parede de tom pastel, mirabolando como acertar as contas.

Concentrei-me em dois planos grandiosos. Tornar-me uma estrela de tevê e causar a queda irreparável de Anthony Faustini. Eu estava possuída por ideias de vingança, e minhas unhas compridas continham veneno. Queria arranhar todo o corpo pecador de Anthony e envenená-lo. Assisti-lo sofrer uma morte lenta e dolorosa.

Eu tinha perdido minha tevê. Incapaz de ficar sem ela, implorei para que Marlon me emprestasse uma das que ele tinha, e imediatamente instalei a TV a cabo. Eu não costumava assistir a programas de tevê, sempre preferi o cinema, mas agora era o meu trabalho.

Ainda me lembrava de quando eu era criança e a televisão parava de funcionar depois de meia-noite. Eu costumava dormir na frente da tela e acabava acordando com o hino dos Estados Unidos a todo o volume, me avisando que eu havia adormecido no sofá, e que devia ir para a cama. Sempre sentia medo de ouvir o hino americano no meio da madrugada. Em vez de me sentir patriota, me sentia ameaçada e vigiada.

Enquanto aguardava o início das gravações, olhava para o aparelho desligado e me imaginava lá dentro. Quando me dava conta do assunto do episódio, me esforçava para não enxergar o rosto de Jolene na tela. Eu devia estar fazendo o contrário. Como narradora e responsável por contar sua história trágica, devia estar me dedicando completamente à sua memória. Porém, estava *morrendo* de medo de atraí-la para o andar de baixo. Sentia-me apavorada novamente, apesar de ter me autonomeado uma caçadora de fantasmas de Hollywood. Eu era uma farsa, uma pilantra. Enquanto vivesse, continuaria temendo os fantasmas que eu estava disposta a encontrar para entretenimento alheio.

Havia finalmente conseguido! Era um milagre! Fui contratada para ser a apresentadora do programa *Fantasmas de Hollywood*. Pela primeira vez desde o divórcio, produtores e diretores não haviam se sentido intimidados por minha história e minha ficha criminal. Desta vez, era isso que me tornava especial. Eu era, indiscutivelmente, uma história bizarra de Hollywood. Um acidente de carro que todos paravam para olhar.

As gravações começariam em apenas três semanas. Eu seria a voz e o rosto da terceira temporada, e receberia um salário. Me deixei levar pela lustrosa excitação, mas não confiei. Sabia que a emissora tinha opções. Uma famosa médium havia sido considerada para o trabalho, além de um roqueiro da banda Jane's Addiction e um escritor ex-prisioneiro, que se tornou líder espiritual. Por algum motivo, porém, eu havia me destacado.

Estava com Marlon quando recebi a notícia. Nós nos abraçamos com intensidade e pulamos, como se tivéssemos acabado de ganhar na loteria. Assim que desligamos o telefone, ele me convenceu a fazer algo que nunca achei que faria: descer para comemorar no porão do Hollywood Hillside e roubar as garrafas velhas de uísque.

Descemos as escadas com cuidado. O porão era um lugar pavoroso, de embrulhar o estômago. Totalmente escuro, imundo, fedorento e misterioso. O cheiro ruim era tão intenso que nos perguntamos se cadáveres eram mantidos escondidos ali, dentro das paredes com olhos, ou enterrados debaixo do piso. Não parecíamos estar somente na presença de fantasmas de Hollywood, mas também de corpos apodrecidos, prisioneiros do porão do Hillside.

Marlon segurava uma lanterna com uma das mãos e a minha mão com a outra. Não conseguíamos encontrar uma lâmpada. Quando acidentalmente esbarrei em um sofá velho, meu coração tentou saltar do alto do meu peito para cometer suicídio. Ele estava com muito medo de viver e ter que conviver com o que vinha pela frente.

Encontramos uma garrafa de uísque no meio de teias de aranha. Marlon disse que tinha visto mais garrafas, mas alguém já as devia ter levado. Colocamos a garrafa contra a luz da lanterna e percebemos o quanto estava empoeirada. Devia estar no porão havia décadas.

— Duvido que você tenha coragem de beber — ele me desafiou. — Aposto que há fantasmas aí dentro.

— Eu nunca bebi de uma garrafa em que não houvesse fantasmas dentro — respondi, no meio da escuridão. — Vamos sair daqui, estou passando muito mal. — Estava começando a sentir falta de ar.

— Imagine que algumas das maiores estrelas de Hollywood já beberam ilegalmente neste porão. Imagine quantas histórias de traição, luxúria e vingança! O mínimo que podemos fazer é beber de uma garrafa roubada! Valentino, essa é para você — anunciou Marlon, abrindo a garrafa e tomando um gole corajoso. Em seguida, me passou a bebida. Hesitei, mas não resisti e bebi.

Fiquei bêbada com apenas dois goles. Ouvimos um barulho que não conseguimos identificar e subimos as escadas correndo para voltar para os nossos respectivos apartamentos. Resolvi entrar na banheira. Tropecei no caminho e me levantei. Tirei a roupa e joguei longe, fazendo uma cena. Parecia ter bebido a garrafa toda. Na banheira, comecei a cantarolar uma música romântica que mal conhecia.

Coloquei os dedos dentro da vagina e comecei a prantear descontroladamente. Por um segundo, ao buscar uma imagem que me desse prazer, acidentalmente imaginei Anthony sem roupa, com seu pau enorme ereto.

Eu ainda o desejava, depois de tudo que ele havia feito para me arruinar. A conscientização era dolorosa. Pensar nele fazia com que eu me sentisse imunda. Precisava me lavar e me esfregar com violência. Sentia-me tão suja quanto me sentia na cadeia. Como se me assistissem tomar banho e violassem meu direito de manter minhas partes íntimas privadas. Como se fosse um abuso.

Saí do banho e liguei a tevê, a água ainda pingava do meu corpo para o chão. Imediatamente dei de cara com o rosto do fantasma vivo, dando uma entrevista sobre sua indicação. Eu estava sendo torturada. Anthony estava em todo lugar!

Ele ainda era um galã. Seu rosto, apesar de bem mais velho, continuava charmoso, atraente. Ele estava com o cabelo cheio de gel e ostentava um bigode fino. A entrevistadora o comparou com Clark Gable, na época em que foi indicado por *E o vento levou...* Tive que concordar, apesar de detestar a comparação. Às vezes eu achava que nós só havíamos sentido atração um pelo outro porque juntos formávamos uma perfeita recriação de Scarlett O'Hara e Rhett Butler. Tive vontade de quebrar a tevê, mas felizmente me contive, não era minha.

Mais tarde, peguei um papel e uma caneta e comecei a me forçar a ter ideias. Encontrei um canal que tocava música clássica e imediatamente me senti inspirada para criar.

Não estava tentando criar uma peça, escrever um livro ou um roteiro. Não estava escrevendo uma carta, desabafando no meu diário ou trabalhando no meu currículo. Não estava fazendo contas ou escrevendo um bilhete. Não era a lista do supermercado ou a lista secreta dos famosos com quem transei.

Eu estava planejando matar Anthony Faustini.

Eu era uma verdadeira hipócrita! Vivia sofrendo pelos cantos pela morte de mulheres assassinadas por seus homens, e ao mesmo tempo sonhava em ser como seus assassinos! Eu não merecia a oportunidade de narrar a história de Jolene! Era um desrespeito a ela e a sua família.

Eu nunca havia desejado matar ninguém antes. Anthony, porém, me inspirava a fantasiar sobre a morte. Caso eu conseguisse, e ele voltasse do túmulo para me assombrar, ficaria preso a mim pela eternidade. O filho da puta merecia ficar acorrentado a mim.

Ele *tinha* que morrer! Deixar de caminhar livremente por Hollywood, respirando e zombando de mim. A Academia havia praticamente assinado sua certidão de óbito sem saber. Pensar nele subindo as escadas do Kodak Theatre incentivava minha vontade de machucá-lo. Imaginá-lo no tapete vermelho doía, apesar de eu saber como é um processo chato. Me deixava tão desesperada que eu queria *quebrar* algo. De alguma maneira, precisava extravasar minha raiva.

Tanto ódio! Tanta mágoa! Tanta vontade de matar!

Se eu conseguisse assassinar Anthony durante sua passagem pelo tapete vermelho do Oscar, enquanto ele subia as escadas do teatro, vestindo algum grande estilista, e pavoneando com sua noivinha pendurada no braço, seria o dia mais inesquecível da história do cinema de Hollywood.

Eu estava decidida! Meu último fio de sanidade havia arrebentado! Tornou-se claro na minha mente que eu tinha um dever. Eu *tinha* que seguir o meu destino.

Anthony Faustini não ganharia o Oscar — nem a batalha! Eu derramaria seu sangue, e acabaria com seu sonho para sempre.

PLANOS GRANDIOSOS

No passado, quando me apoiei na casa de vidro, acabei me cortando. Agora, depois de ter convivido com as cicatrizes dos cortes, conhecia a casa como a palma das minhas mãos. Ela não era segura, de forma alguma, e eu conhecia cada entrada e cada janela que Anthony deixava aberta durante a noite para a entrada de ar fresco. A cabeceira da sua cama ficava de frente para a janela.

Ele dizia sentir muito medo de mim. Porém, seus atos o denunciavam; ele nunca fechava as janelas à noite. Eu sabia porque já havia passado diversas vezes na frente da casa. Geralmente, quando passava por lá, pedia para o taxista parar na frente do letreiro de Hollywood e rezava.

Rezava, desesperadamente, para que algo extraordinário acontecesse e mudasse minha vida.

Apesar de ser possível dirigir até muito perto da casa, ela se mantinha isolada em uma subida estreita nos Hollywood Hills, e era muito mais fácil estacionar e subir a pé.

Os vizinhos mais próximos, um roteirista e uma top model, moravam a uns trezentos metros de distância, em uma mansão que parecia um castelo medieval.

Eu sempre estranhei a incrível rapidez com que os policiais chegaram para me prender no dia em que surpreendi Anthony na cama com a piranha de filmes pornográficos. Nós não estávamos em Beverly Hills, aonde a polícia chega em minutos.

Eu estava longe de ser considerada suspeita de um crime, mas perto o bastante para descobrir que Anthony mantinha os mesmos hábitos de antigamente.

Quando não estava em locação, ele acordava cedo, dava uma corrida pela área por volta das oito e meia da manhã, e geralmente saía de carro por volta das dez. À noite, assistia a filmes no terceiro andar antes de dormir, e deixava a janela do quarto aberta quando se deitava. Às vezes, Anthony estava tão ocupado com seus pensamentos que esquecia de trancar a porta da frente; eu sempre tinha que lembrá-lo. Ele só ligava o alarme quando saía. Raramente durante a noite.

Poucas pessoas pagam para ter segurança particular em Los Angeles. Eu sabia como chegar até ele facilmente. Apesar de ser um ator conhecido, Anthony não era assediado ou milionário o suficiente para ter esse gasto extra. Ele tinha câmeras de segurança e sistema de alarme, é claro, mas não contratava seguranças para vigiar a mansão durante a noite. Nenhum dos moradores da área contratava esse tipo de serviço. E, como as casas não ficavam em um condomínio fechado, não tinham portão ou porteiro. Era possível subir a pé e tocar a campainha das maiores mansões dos Hills. Este fato era uma das coisas mais chocantes sobre a vida em Los Angeles. As pessoas acreditavam estar seguras.

Eu não conseguia compreender os motivos pelos quais Anthony permanecia no lugar onde moramos juntos. Tinha certeza de que a casa o fazia pensar em mim, pelo menos de vez em quando. Caso já não pensasse mais, certamente pensaria, pois eu estava planejando surpreendê-lo, em breve, com uma noite inesquecível mesmo depois que sua vida acabasse.

Olhando no espelho do banheiro do meu apartamento, comecei a tentar lembrar dos segredos que Anthony me havia confidenciado. Por exemplo, eu sabia quais eram seus medos mais profundos desde a infância. Ele morria de medo de palhaços e videntes. Videntes eram seu ponto fraco. Nua diante do espelho do banheiro, sorri ao ter uma ideia.

Morar com alguém é um perigo. Um dia o relacionamento termina de maneira trágica, o amor se transforma em ódio profundo, e o outro vai embora, sabendo como atingir você, pois conhece seus traumas, medos, hábitos e segredos mais íntimos.

Eu era *apaixonada* por Anthony. Loucamente apaixonada, uma cadela de joelhos. Havia aprendido tudo que podia sobre ele na tentativa frustrada de ser a mulher perfeita. As informações que eu tinha eram minha arma.

Quando Anthony tinha nove anos e morava em Veneza, uma vidente bateu à porta da casa da família Faustini e, encontrando o menino sozinho, disse que seu pai iria morrer de ataque cardíaco. Sete dias depois, a previsão se realizou, abalando e desestruturando toda a família. Anthony sentiu-se eternamente culpado por ter atendido a mulher. Depois desse dia bizarro, fez o possível para nunca mais trocar palavras com pessoas que diziam possuir o dom de ver o futuro. Ele ficava nervoso a ponto de se mijar nas calças. Eu era uma covarde por pensar em usar aquela história.

Se me fantasiasse de vidente, eu me tornaria a personificação do seu maior fantasma. Algo traumatizante que ele tentou esquecer, mas não conseguiu — a morte em sua forma mais dolorosa. Basicamente, o que ele foi para mim. Uma assombração.

Restava descobrir o que a tal vidente faria depois que Anthony atendesse a porta. Faria uma previsão e ofereceria uma maçã envenenada ao falso príncipe, ou dispararia um tiro no meio da sua testa? Talvez enfiasse uma faca no coração ou o fuzilasse pelas costas.

O ideal seria arrancar seu coração e o levar para casa como um troféu, mas provavelmente eu usaria um revólver. Quando ele abrisse a porta, imediatamente atiraria. Como fugiria depois, a tempo de escapar?

Para não ser identificada pelas câmeras de segurança, meu rosto tinha que ficar irreconhecível. Eu precisava da ajuda de uma maquiadora profissional de filmes de terror. Porém, era arriscado, pois ela seria uma testemunha.

Se fosse pega pela polícia, eu me deterioraria na prisão. Ou seria enviada para o corredor da morte e morreria nas mãos do Estado, merecidamente, por ter cometido uma atrocidade. Eu me tornaria uma assassina famosa.

Eu estava *finalmente* pronta para me tornar o monstro que me acusaram de ser. Insistiram tanto em me chamar de monstro que acabaram, enfim, criando um. É preciso tomar muito cuidado com acusações, pois elas machucam de tal maneira, que acaba se tornando mais fácil legitimá-las para conseguir sobreviver.

No dia seguinte, saí do prédio, atravessei a rua e entrei em uma das lojas de fantasias de Halloween mais populares de Hollywood. Encontrei, rapidamente, uma fantasia de vidente. Caricata demais! Não era exatamente o que eu procurava. Talvez minha ideia fosse infantil. Baseada em filmes de Hollywood, não na vida real.

Eu era uma mulher louca e inexperiente planejando um assassinato! Minha vida acabaria como uma grande piada!

Me irritei. Emiti um som alto de frustração no meio da loja, em frente às máscaras, pois meu plano não era perfeito. Olhei para as máscaras de Jason, Freddy e Frankenstein. Um vendedor se aproximou e perguntou se eu precisava de ajuda. Saí às pressas, antes que ele pudesse ver meu rosto. Eu não estava sendo discreta.

É *claro* que eu precisava de ajuda.

Pronto! Usaria um gorro preto para esconder meu rosto! Pareceria um bandido típico, totalmente camuflado em roupas pretas, impossível de enxergar na escuridão da madrugada! Amarraria meus seios com fita adesiva para mudar minha silhueta e usaria uma barriga falsa por baixo da roupa. Faria um furo no gorro no lugar dos olhos, e usaria lentes brancas.

Precisava de uma arma, mas como compraria uma sem deixar rastros? Roubar de um conhecido não era uma opção, apesar de eu conhecer muita gente que tem arma. Deus abençoe os Estados Unidos da América!

Talvez fosse melhor usar uma faca. Mas eu teria que chegar perto da vítima para conseguir atingi-la, e talvez tudo acabasse em uma batalha física. Com uma faca, eu tinha enormes probabilidades de morrer na cena do crime e confirmar para toda a cidade tudo que Anthony inventou sobre mim.

Talvez desse certo se ele atendesse a porta e eu disparasse o spray de pimenta em seus olhos. Eu o esfaquearia antes que ele entendesse o que estava acontecendo. Imaginava o prazer de cada uma das facadas.

Fui ao supermercado mais próximo. Em dinheiro, comprei carne de porco, uma garrafa de vinho e a faca.

No meu apartamento, deixei uma versão da minha história de vida, e um bilhete que dizia: "Para Marlon produzir."

O DIA DOS NAMORADOS

Perfeito! A imagem era icônica. Eu estava inteiramente coberta de preto; calça, meias, botas, blusa de manga comprida e gola rulê, e um gorro sobre o rosto, com buracos pequenos para os olhos, revelando um inexpressivo olhar branco. A lente barata incomodava muito, mas era ideal. Eu estava irreconhecível até mesmo para mim. Parecia um servente do inferno; um anjo da morte. Não havia nenhum motivo racional para usá-las. Eu apenas desejava que minha aparência parecesse demoníaca.

Se eu merecia o meu papel, ele também merecia o dele. Calcei as luvas pretas e senti-me inspirada pelo meu figurino macabro. Ninguém seria capaz de me impedir de ir em frente. Eu tinha que vencer o Oscar!

O personagem que criei tomou posse do meu corpo vulnerável. Eu me transformei assim que vi meu reflexo no espelho. O ser humano que eu era levantou e se retirou.

Influenciada pela energia do ambiente, comecei a marchar em direção à escuridão perpétua, sem olhar para trás. Ninguém me viu descer as escadas ou sair pela porta dos fundos. As câmeras de segurança do prédio continuavam quebradas e escapei como se fosse invisível. Sentia-me invencível com o meu disfarce.

Entrei no carro, que havia alugado por mais uma semana, e dei a partida, sem sentir medo dos habituais fantasmas. Às três e meia da manhã de um domingo, poucas pessoas costumavam estar na rua em Hollywood. Como o céu começava a ficar claro por volta de cinco e meia, eu tinha somente duas horas para cometer o crime e voltar para o meu apartamento. Caso precisasse fugir, voltaria correndo para Coronado.

Saí da garagem pelos fundos do prédio, rumo ao norte da Hudson Avenue, e virei à direita na Yucca Street. Seguindo pela Yucca, passei por um prédio — o mesmo que aparece nos versos do álbum *Hotel Califórnia*, dos Eagles. Trata-se do hotel onde você pode fazer check-out, mas do qual nunca pode partir. A música fala sobre um viajante que faz check-in em um hotel luxuoso, que acaba se transformando em um terrível pesadelo.

Depois passei diante da Capitol Records, na esquina da Yucca com a Vine, o local onde as estrelas deixavam de existir.

O percurso do Hollywood Hillside, na Hollywood Boulevard com a Hudson Avenue, até a mansão de vidro na Colitas Drive, nos Hollywood Hills era feito em cerca de 20 minutos. Apesar de curto, o caminho era um labirinto confuso, apenas simples para aqueles que já se acostumaram a fazê-lo todos os dias. No escuro, era muito perigoso correr durante a subida.

Não vi policiais no caminho.

Não parei em sinais vermelhos.

Não tive contato com outros motoristas.

A Yucca Street estava morta às três e meia da manhã.

Meu coração acelerava mais e mais a cada metro que eu percorria, determinada a realizar minha missão com precisão. Como se o letreiro fosse Deus, não era possível enxergá-lo no escuro, mas era possível sentir que ele estava lá, abraçando a cidade do alto da montanha, como o Cristo Redentor no Rio de Janeiro.

Estrelas de Hollywood dormiam tranquilamente em suas mansões, sem imaginar a notícia absurda com a qual despertariam na manhã seguinte, o Dia dos Namorados.

Ao pegar a Gower e me aproximar da casa, a cena de Malice e Anthony na cama voltou a se refazer em minha mente. Eu ainda conseguia ver o pau dele entrando nela e a pele dos dois se tocando. Conseguia ouvi-la sentindo prazer e o som dos gemidos era como uma trilha sonora de filme de terror. A cada gemido que eu ouvia na minha mente, eu acelerava aumentando a velocidade.

Cheguei ao meu destino com rapidez. Como se tivesse sido traçado desde o início, e fosse totalmente inevitável.

Estacionei a cerca de duzentos metros de distância. O spray de pimenta estava no bolso da calça, e tirei a faca da mala do Jaguar. Me perguntei se deveria levar o corpo de Anthony comigo, mas rapidamente concluí que não. Ele devia ser abandonado, e então aparecer no jornal.

Subi a pé, sem chamar atenção. Minhas mãos e pernas tremiam, e meu coração transtornado batia cada vez mais rápido. Senti falta de ar ao subir. Estava suando de tanto calor. Naquele momento, eu já estava cometendo um crime. Poderia ser presa por me aproximar da casa; a ordem de restrição que Anthony conseguira durante o divórcio era permanente.

Cheguei à porta dos fundos da mansão, ao lado da garagem. Não havia carros estacionados no exterior, o que significava que Anthony não estava com visitas; outros carros não caberiam na garagem. Coloquei a mão na maçaneta e a girei. Para a minha surpresa e meu desespero, a porta não estava trancada.

Eu tinha conseguido! Não precisei bater à porta para entrar. Como os moradores de Hollywood podem ser burros! Anthony tinha só mais alguns minutinhos de vida.

Quando entrei na casa, um milhão de lembranças invadiram minha mente com violência. Estava com enxaqueca e o gorro apertado contribuía ainda mais. Senti o que as pessoas dizem que sentem quando se deparam com a morte e suas vidas inteiras repassam diante de seus olhos. Eu havia sido tão feliz, mas por tão pouco tempo.

Não acendi a luz. Meus olhos se adaptaram à escuridão.

Naturalmente, os móveis eram completamente diferentes dos que tínhamos nos anos noventa. Eu não havia ficado com nada na separação. Era uma daquelas mulheres idiotas que sai de um casamento de mãos vazias.

Subi as escadas com cuidado, ciente de que quando descesse, minha vida estaria mudada para sempre. Quase vomitei enquanto subia. Eu sentia como se estivesse pendurada de cabeça para baixo, no topo de uma montanha-russa mortífera, prestes a despencar do céu para o inferno, sem a possibilidade de me reerguer.

O corredor estava escuro. Nenhuma luz noturna estava ligada. Cheguei à porta do quarto com a faca em uma das mãos, e o spray de pimenta na outra.

Eu suava.

Tive a mesma sensação que costumava ter antes de entrar no palco. Parecia que estava esperando apenas as cortinas se abrirem.

Queria gritar de tanto nervosismo! Tremia muito, mas não tinha mais a opção de voltar atrás. Tudo que eu havia feito em quarenta anos de vida estava em risco, e rezar para o letreiro na montanha não me ajudaria.

Eu tinha que matar o monstro, ou ele certamente me mataria! Levantei a faca no ar e andei até a cama próxima à janela. Pude reconhecer a forma de Anthony, mas não consegui ver seu rosto. Ele estava coberto dos pés à cabeça como se já fosse um corpo no necrotério. Nosso último momento juntos seria na escuridão.

Era o momento pelo qual eu havia esperado por anos! Tinha que usar toda a violência que havia dentro de mim para ser bem-sucedida em tirar a vida de Anthony!

Tive um flashback dos acontecimentos de dezoito de dezembro de 1993, peguei um abajur pesado da mesa de cabeceira e dei um golpe violento na cabeça de Anthony!

Quase chorei ao ouvir o som de sua cabeça sendo amassada. Ele aparentava ter acordado por um breve segundo e desmaiado com a pancada logo em seguida.

Um, dois, três, e... finalmente, dei a primeira facada por cima do cobertor! Eu nunca havia sentindo nada parecido! Nem quando ousei saltar de paraquedas de um avião em 1992! Agora eu precisava atingir a pele nua!

Anthony parecia estar de bruços. Deduzi que tinha acabado de dar uma facada em suas costas. A sensação de enfiar a faca em seu corpo não foi prazerosa como eu havia imaginado. Na verdade, ela doía em mim.

— Eu te amava — falei para o corpo ainda coberto, e deixei uma lágrima rolar dos meus olhos semicerrados.

Quando tomei coragem para levantar o edredom, soltei um berro que ecoou pelas montanhas. Descobri que não era Anthony que dormia na cama! Era uma mulher, nua! Ela estava toda ensanguentada. Arranquei o gorro covarde do meu rosto, revelando minha identidade para a jovem desacordada. Meu coração queria saltar pela boca ao vê-la tão machucada.

Em um impulso, usei a faca novamente para atingir seu pescoço! Senti uma adrenalina *fora do comum* ao machucá-la! Não era uma adrenalina boa, estava me consumindo. Eu não tinha sede por matar a atual mulher de Anthony.

De repente uma luz forte perfurou a aterradora escuridão. É difícil descrever o que veio depois.

Tudo que eu consegui ver foi sangue, tanto sangue! Uma poça de sangue coloria a cama, como se um pincel de tinta vermelha pintasse uma tela virgem.

Antes que eu conseguisse me virar para ver quem havia acendido a luz, senti uma dor desumana atingir minhas costas. Algo dentro de mim explodiu imediatamente. Tudo ficou preto, negro, cego, desconhecido e sem som.

Depois, lembro de sentir que eu estava caindo.

Caindo.

Caindo.

Era o fim da minha história.

A última cena que vi na vida foi uma injustiça: uma mulher nua, ensanguentada, morta na cama onde dormia, sem merecer o terrível castigo que dei a ela.

Pétalas de rosas vermelhas se misturavam ao sangue. Anthony havia preparado uma surpresa para o Dia dos Namorados. Ao acordar, a mulher deveria encontrar as rosas e uma mensagem escrita com batom cor-de-rosa no espelho: "Estou loucamente tarado por você."

Ele me dissera as mesmas palavras na noite em que transamos pela primeira vez, dentro de um carro. Anthony adorava transar no carro.

— Estou loucamente tarado por você, Sophia Young.

— E eu *sou* louca por você, Anthony Faustini.

FINALMENTE FAMOSA

A dor de morrer é *muito* pior do que a dor de viver com um coração dilacerado pulsando no peito. Lateja infindavelmente, e remédio nenhum tem o poder de melhorá-la. Do outro lado, não existe *nada* para aliviar a dor. Física e emocionalmente, ser um fantasma é mais amedrontador do que vê-los. A tortura é permanente, o escuro asfixiante, e não se pode dormir. As feridas que ficam no corpo não se fecham, e todos os dias são pesadelos dos quais não posso despertar. As lembranças felizes do meu passado são como correntes pesadas em meus pés. Na morte, terei que arrastá-las.

Eu morri na madrugada do Dia dos Namorados, com dois tiros de espingarda. Uma das balas acertou minhas costas e ficou alojada na minha vértebra lombar. A outra atingiu o lado esquerdo do meu corpo, atravessou e saiu pelo outro lado, perfurando meus órgãos internos. Tive o pâncreas, o fígado e o intestino lesionados. Depois que fui atingida e caí em cima da cama, bem ao lado da mulher que matei, meu ex-marido me pegou no colo pela última vez e me jogou pela janela do segundo andar. Eu despenquei, violentamente. Me estatelei no asfalto, em frente ao letreiro, e sofri também uma fratura no crânio. Meu espírito acordou na cama do quarto.

Na morte, consegui realizar algo que não realizei durante a vida; voltei a morar na mansão de vidro.

Porém, mesmo tendo sido bem-sucedida, minha mente *implora* incansavelmente para ir embora da casa. Eu tento sair, mas não consigo, não há jeito. Quando abro qualquer porta ou janela, tudo fica totalmente escuro, e nenhum homem de terno listrado aparece para me oferecer ajuda. Eu sou uma escrava da cena dos crimes, e só choro, choro. Sinto-me enjoada! Convivo com o cheiro que tentei esquecer por dezessete anos. Ele vai diretamente para o meu coração, onde reconheço o verdadeiro sentimento associado ao cheiro — o ódio.

A mulher que assassinei não era a noiva de Anthony: Era uma de suas diversas amantes, que frequentava a casa na ausência de sua mulher. Além das facadas, ela sofreu um traumatismo craniano com fraturas ósseas, resultado do golpe que dei em sua cabeça.

Anthony foi muito imprudente por não tentar se livrar dos corpos. Sua noiva deixou o relacionamento sem hesitar e, apesar das desculpas que ele publicou na mídia, ela não cogitou voltar para seus perigosos braços. Não havia a menor chance de perdoá-lo.

Eu continuamente ouço a voz da amante assassinada, ou a de alguma outra mulher. Escuto uma voz feminina chorando baixo, como se tentasse conter as lágrimas para preservar o silêncio. Porém, a procuro desesperadamente por todos os cantos da casa e não a encontro. Nossos espíritos convivem por obrigação, mas são incapazes de ver um ao outro. Eu quero muito encontrá-la para pedir desculpas sinceras. Fico tão fora de controle quando escuto sua voz angustiante, que começo a arrancar meus próprios cabelos.

Foi um final e tanto! Nossas mortes eram a pauta perfeita para os noticiários do dia. Repentinamente, todos se lembram de quem eu era, e agora se referem a mim como a estrela de *Boneca de porcelana*. A maldição do filme se completou, é o que comentam na tevê. Quase todo o elenco e toda a equipe estão mortos. Porém, meu fim foi o mais bizarro de todos, pois houve um bônus: um assassinato que eu mesma cometi a sangue-frio.

Boneca de porcelana se tornou *cult* e vendeu extraordinariamente naquela semana.

Eu não era só vítima de mim mesma, diziam os repórteres. Era também uma vítima autoproclamada de Hollywood — o que, na verdade, dava mais ou menos no mesmo. A cidade sempre foi uma projeção das coisas que acontecem dentro de mim; um espelho que reflete meus maiores sonhos e meus pesadelos mais terríveis.

Meu maior sonho era ser mundialmente famosa. Meu maior pesadelo era ser traída pelo meu amor, em nossa própria cama. Quando morri, ambos se realizaram.

Cuidado com o que você deseja!

Finalmente eu fiquei famosa, da noite para o dia.

Consigo ver o que acontece com a lembrança de Sophia Young, mas não sou capaz de aproveitar nada. Na verdade, quando outras pessoas ganham dinheiro à minha custa, sinto dores nos ferimentos abertos. Os rombos no meu corpo latejam como se eu ainda estivesse viva, e litros de sangue escorrem incansavelmente da minha cabeça afundada. Quando caminho pela casa, deixo um rastro de sangue por onde passo, como se espalhasse migalhas de pão para que alguém me encontrasse. Sofro até mesmo quando falam sobre mim na tevê, bem ou mal — algo que *nunca, nunca* imaginei que pudesse ser possível.

É como se eu estivesse presa. Hollywood é uma memória longínqua e todas as coisas que eu julgava sem importância fazem falta. Tento lembrar do gosto da comida dos meus restaurantes preferidos e choro, pois não posso mais sentir o gosto de nada, somente da saudade — muita saudade — de ter a bênção de viver!

Minha história agora é digna de programas, livros, documentários, filmes e tours mal-assombrados. Rapidamente foi decidido que eu seria o tema do segundo episódio de *Fantasmas de Hollywood,* chamado *Forever Young: a verdadeira história de Sophia Young.* Meu nome possibilita ótimas sacadas.

Tenho medo da dor que vou sentir quando vierem à casa para estudar os detalhes dos assassinatos brutais. Tenho medo de quanto vai doer quando for exibido na tevê!

Deixei meus escritos aos cuidados de Marlon; eu não tinha escolha. O livro que escrevi na cadeia, trinta anos de vida narrados em mais de quarenta diários com detalhes sórdidos, e sete roteiros originais escritos em diferentes fases da minha vida. Em momento algum falei sobre meus planos de cometer aquele assassinato.

Mas com a roupa e as lentes usadas por mim, era fácil acreditar que eu era culpada. Por que teria me vestido daquela forma e ido à casa de Anthony no meio da noite, se não para me vingar? Era incontestável que eu havia violado minha ordem de restrição ao dirigir até a casa no meio da madrugada. Era inconstável que eu havia surtado. As câmeras da rua capturaram todo o meu percurso.

Programas de tevê debatiam o caso e, para a minha surpresa, a população tinha opiniões diversas.

Quando veio à tona que a mulher assassinada era amante de Anthony, outros de seus *affairs* também foram expostos. Seis mulheres venderam suas histórias para a mídia e aproveitaram seus cinco minutos de holofote. As revelações prejudicaram muito a versão da história dele. Enquanto traía sua noiva que viajava, Anthony havia desligado as câmeras de segurança para acobertar seus trilhos. Ironicamente, ele mesmo impediu que houvesse vídeo para provar a barbaridade que fiz dentro da casa.

Porém, aquela não era uma amante qualquer. Ele estava loucamente apaixonado por ela e planejava assumi-la. Pelo menos, foi assim que seu assessor vendeu a história para a imprensa, na tentativa de aliviar o julgamento da população americana, repleta de mulheres traídas. Eu havia descoberto tudo, e entrado na casa para matá-los.

Ele confessou ter atirado em mim. Alegou que havia sido em autodefesa, depois de ouvir barulhos do andar de cima, onde havia cochilado, enquanto lia um texto. Um texto que, naturalmente, ele havia preparado para o Oscar. Mas por que havia me jogado pela janela depois de atirar em mim?

Era a pior semana para um escândalo. A história sensacionalista inspirou o início de um falatório incalável em Hollywood. Surgiram comentários de que Anthony Faustini era esquisito, manipulador, e que guardava segredos sórdidos. Muitos não sabiam se deviam culpá-lo pelos assassinatos. Quando duas mulheres aparecem mortas e um homem sobrevive, sempre surgem palpites divergentes sobre o ocorrido. As pessoas têm a tendência de projetar a própria vida neste tipo de notícia e tiram conclusões precipitadas, que basicamente explicam situações vividas por elas. As opiniões raramente são baseadas apenas em fatos.

Capas de revistas e programas de fofoca vendiam a queda do ator indicado ao Oscar a todo vapor. Era uma mina de ouro para a mídia sedenta — que constrói estrelas apenas para lucrar ao derrubá-las, ou que as derruba para certamente lucrar ao ajudá-las a se levantar de novo. O caso estava dando muito ibope.

Enquanto trabalhadores montavam as arquibancadas para o Oscar, a vida de Anthony era especulada e esmiuçada pela imprensa mundial. Alguns grupos enviaram cartas para a Academia, pedindo para que desconsiderassem a indicação, pois era necessário aguardar pelo julgamento, que ainda iria demorar.

Marlon criou um website especialmente para mim. Grupos feministas estavam se refestelando com as páginas do meu diário publicadas na internet. Algumas, porém, dizem que eu era uma traidora do meu sexo, e grupos defensores dos direitos dos homens me elegeram como a inimiga dos homens do século. Mulheres como eu impossibilitam justiça para os homens, era o que eles diziam, enquanto marchavam com cartazes diante das emissoras que falavam sobre o caso sem parar. Eles exigiam a atenção do público.

De uma forma ou de outra, todos falam ou pensam sobre mim de vez em quando. Seja para me rasgar ou me costurar, agora eu importo. Eu só não esperava que a notoriedade fosse doer tão profundamente!

Meu espírito amargurado está preso à casa de vidro, mas meu corpo estraçalhado foi enterrado no cemitério Hollywood Forever, no mesmo solo em que foram sepultados Valentino e o Totó da Dorothy, da forma como desejei.

No verão, o grupo Cinespia fará uma mostra especial de *Boneca de porcelana*, projetando o filme na parede do mausoléu. Eu ficaria incrivelmente feliz se não soubesse da dor que vou sentir quando os moradores de Los Angeles se divertirem no local onde estou enterrada. Queria estar viva.

Duas semanas depois de minha morte, finalmente tive a oportunidade de compreender minha verdadeira missão de vida. Sou uma daquelas mulheres que nasce com a tarefa grandiosa de morrer tragicamente para expor um homem que na verdade é um monstro. Com a minha morte, foi *provado* que Anthony é um monstro.

Depois de alguma investigação, dezenas de fitas foram encontradas na mansão, escondidas em um fundo falso no armário no quarto. Eram *sex tapes* gravados por Anthony, sem o consentimento das parcerias sexuais. Registros de centenas de casos secretos; um hábito doentio e narcisista que ele havia conseguido esconder por muitos e muitos anos. Muitas mulheres diferentes em posições diferentes, algumas solteiras, outras casadas. Dezenas foram expostas e humilhadas por sua perversão, e anunciaram que o processariam. Uma delas imediatamente contratou os serviços de Gloria Allred.

A perda de poder e do controle o fez perder a cabeça. Para piorar, ele havia começado a ver portas e gavetas abrindo e fechando sozinhas, luzes acendendo e apagando, móveis deslizando, objetos caindo no chão, e uma voz feminina cantando ópera, ou rindo. Eu não conseguia parar de assombrá-lo. Não tinha absolutamente nada mais interessante para fazer com meus dias, e esta era a única coisa que me dava prazer. Quando eu gargalhava e Anthony ouvia, por um momento eu até que não odiava tanto o fato de estar morta.

Anthony não conseguia mais se olhar no espelho sem alucinar. Quando tinha coragem de olhar, não enxergava mais seu rosto. Era o meu que ele via refletido. Envelhecido, apodrecido, caindo aos pedaços. Ele saía correndo aos berros, como um garoto covarde. Naturalmente, precisou *abandonar* a mansão.

Na morte, descobri que podia escolher em qual lado do espelho queria ficar. Era uma questão de ponto de vista. Quando eu olhava para o espelho de dentro para fora, enxergava uma Sophia jovem e esperançosa, pronta para conquistar o mundo. Quando olhava de fora para dentro, enxergava o mesmo rosto, porém velho e apodrecido.

Às vezes brincava de sair e entrar no espelho, mas passava a maior parte do tempo assistindo a programas de tevê, ainda obcecada com a vida que não podia mais viver, mas que ainda via acontecendo, dentro de uma caixa.

Assisti à premiação do Oscar deitada na cama, rindo da mansão vazia, deixada para trás com todos os móveis. Anthony não compareceu nem ganhou a estatueta de ouro. Seu filme não venceu em nenhuma categoria.

Durante a homenagem aos talentos da indústria que se foram, fui surpreendentemente lembrada. Fiquei impressionada e grata. Sophia Young, a boneca de porcelana, de 1969-2010. Fui a última profissional a agraciar o telão.

Uma parte da plateia aplaudiu e mais da metade fez cara feia ou vaiou. A maioria se sentiu revoltada, enojada, desrespeitada, e fez questão de demonstrar reprovação e desgosto. Para muitas estrelas, meu rosto representava o pesadelo final — o fracasso irrevogável de um ator que não soube vencer seus demônios. Mesmo assim, havia uma parte que se identificava com a minha loucura, e que insistia em glamourizar meu crime.

Meu rosto finalmente apareceu em todas as telas do mundo. E eu assisti — da cama de Anthony Faustini.

EPÍLOGO

Em junho de 2011, Anthony Faustini fugiu dos Estados Unidos. As autoridades americanas acreditam que ele voltou para a Itália, sua terra natal. Ele continua desaparecido, sem responder às acusações criminais. E a recompensa por encontrá-lo chega ao valor de cem mil dólares.

Em abril de 2015, depois de mais de cinco anos entre a cadeia e hospitais psiquiátricos do estado, Richard Almond foi julgado pelo assassinato de Jolene Vargas. Richard declarou-se inocente por motivo de insanidade.

Na noite do crime, o casal havia consumido drogas; cheiraram uma mistura de cocaína com Adderall, fumaram maconha e eles ingeriram bebidas alcoólicas. Richard alegou que começou a ouvir vozes enquanto Jolene estava no chuveiro. As vozes eram "o suporte técnico" e diziam que ele precisava começar a usar 100% do seu cérebro, em vez dos 10% que estava usando. Em uma das mãos, ele segurava uma moeda. De acordo com a defesa, a moeda o ajudava a manter o controle. Em sua mente, ele estava conversando com Jolene por telepatia.

Quando ela saiu do banho, se aproximou e tentou tirar a moeda da mão de Richard. Ele passou a acreditar que ela estava tentando roubar seu cérebro e, por isso, tentou enforcá-la. Após lutar contra Richard e vomitar na cozinha, Jolene tentou fugir do apartamento. As vozes ordenaram que Richard a impedisse. Ele correu para pegar uma das armas que o casal guardava ao lado da cama, e quando a viu correndo em direção ao apartamento de Marlon, as vozes o mandaram "matar o demônio". Ele alegou que não olhou para "o demônio".

Richard disparou seis tiros. Três nas costas, um no peito, um que entrou no cotovelo e saiu pelo braço, e outro na coxa que ficou alojado na pélvis. Depois, voltou para o apartamento e foi para o computador, onde colocava e retirava CDs, que deviam eliminar "o vírus". Quando a polícia finalmente arrombou a porta de Richard, ele perguntou se os policiais eram reais, e declarou que eles eram um vírus. Ele gritava: "Reiniciar!" para eles, repetidamente.

Na manhã seguinte, na cadeia, insistiu que tudo não passava de uma armação, e que Jolene estava viva, na reunião que tinham com um advogado sobre os processos contra o Hillside. Ele continuou alegando que ela estava viva por anos, atrasando o julgamento criminal.

Richard foi julgado e condenado pela morte de Jolene. Foi sentenciado à prisão perpétua, com possibilidade de liberdade condicional em trinta anos, aos setenta e quatro anos de idade. Ele provavelmente morrerá na prisão.

A morte de Rose continua inexplicada.